*Martin Schäuble*, geboren 1978, ist Autor und Journalist. Er recherchiert und schreibt seit über zwanzig Jahren zu brisanten und politischen Stoffen. Bei Hanser veröffentlichte er den vielbeachteten Titel »Endland«. Bei Fischer KJB sind von ihm bereits »Sein Reich« sowie unter dem Pseudonym Robert M. Sonntag »Die Scanner« und »Die Gescannten« erschienen. Seine kritischen Jugendbücher sind in viele Sprachen übersetzt, werden immer wieder ausgezeichnet und häufig als Schullektüre eingesetzt.

Weitere Informationen zum Kinder- und Jugendbuchprogramm der S. Fischer Verlage finden Sie unter
*www.fischerverlage.de*

MARTIN SCHÄUBLE

# CLEANLAND

FISCHER Taschenbuch

Aus Verantwortung für die Umwelt hat sich der Fischer Kinder- und Jugendbuch Verlag zu einer nachhaltigen Buchproduktion verpflichtet. Der bewusste Umgang mit unseren Ressourcen, der Schutz unseres Klimas und der Natur gehören zu unseren obersten Unternehmenszielen.

Gemeinsam mit unseren Partnern und Lieferanten setzen wir uns für eine klimaneutrale Buchproduktion ein, die den Erwerb von Klimazertifikaten zur Kompensation des $CO_2$-Ausstoßes einschließt.

Weitere Informationen finden Sie unter: www.klimaneutralerverlag.de

**Für die Verwendung in der Schule ist unter http://www.fischerverlage.de/service/lehrerportal ein Unterrichtsmodell zu diesem Buch abrufbar.**

**Weitere Bücher von Martin Schäuble im Fischer Kinder- und Jugendbuchverlag, auch unter dem Pseudonym Robert M. Sonntag: siehe hinten.**

Alle im Text genannten Institutionen, Firmen und Produkte sind die Erfindung des Autors. Ähnlichkeiten mit Bezeichnungen von möglicherweise real existierenden Institutionen, Firmen oder Produkten sind nicht beabsichtigt und rein zufällig.

MIX
Papier aus verantwortungsvollen Quellen
FSC® C014496
www.fsc.org

Erschienen bei FISCHER Kinder- und Jugendtaschenbuch
Frankfurt am Main, März 2022


Hedderichstr. 114, D-60596 Frankfurt am Main
Dieses Werk wurde vermittelt durch
Aenne Glienke, Agentur für Autoren und Verlage.
www.AenneGlienkeAgentur.de
Satz: Pinkuin Satz und Datentechnik, Berlin
Druck und Bindung: GGP Media GmbH, Pößneck
Printed in Germany
ISBN 978-3-7335-0708-4

# Die fünf Gesetze der absoluten Reinheit (GaR)

1. Reinheit bietet Schutz
2. Berührung ist gefährlich
3. Abstand führt zu Sicherheit
4. Kontrolle dient der Gesundheit
5. Gesundheit ist wichtiger als Freiheit

*Ministerium für Reinheit*

# DANACH

Die fremden Menschen rempeln mich an.

Sie drücken sich an mir vorbei.

Hosen, Röcke, Jacken und Shirts reiben aneinander.

Es riecht nach Schweiß.

Ein Kind schreit, ein Vater schreit zurück.

Vor mir steht ein Typ in schwarzer Lederjacke, seine Finger sind rot verschmiert. Etwas tropft auf den Boden, und er wischt mit den Schuhen darüber.

Würde mich jemand fragen: »Wie fühlt sich das alles an?«, wäre meine Antwort: »Keine Ahnung.«

Ich weiß es wirklich nicht. Vielleicht weil es einfach zu viel auf einmal ist.

Nie habe ich so oft über alles nachgedacht wie in den letzten Wochen.

Wie geht's ihm? Und ihr? Und uns? Und mir?

Oder, noch komplizierter: Was will ich vom Leben, und was bin ich bereit, dafür zu geben?

Früher hatte ich auf alles eine Antwort. Na ja, auf fast alles.

Wieder schiebt sich einer viel zu nah an mir vorbei, er nuschelt mir etwas ins Gesicht und drückt sich durch die metallische Tür.

Und dann ist klar, ich muss jetzt mal raus zu den ganzen Menschen.

Muss ich wirklich?

Selbst da bin ich mir nicht mehr sicher.

Nur eines weiß ich: Ich vermisse meinen Schutzanzug, den Protector – für ein gesundes Miteinander©.

# DAVOR

## 1

Der Protector strahlt im UV-Licht, und das sieht richtig gut aus. Hunderte Körper tanzen um mich herum, und alle leuchten. Von der Decke blitzt es in die eingenebelte Halle. Eine Welle aus roten und grünen Lichtstrahlen rollt durch den Raum.

In einer Glaskuppel über uns sehe ich DJ Space-Jane. Sie kennt mich so gut wie jeden in diesem Club. Denn alle tragen ja am Handgelenk einen *Controller – damit jeder weiß, dass es dir gut geht©*. Abziehen kann man ihn nicht, denn nur so können wir uns gegenseitig vertrauen.

DJ Space-Jane hat Zugriff auf diese Daten. Sie kennt meinen Herzschlag, den Blutdruck, die Körpertemperatur. Und sie kann ablesen, wie ich mich fühle. Mit dem Controller ist sie mir ganz nah.

Neben mir tanzt Samira, und ihr geht es richtig gut. Da muss ich nicht auf den Controller schauen, das sehe ich sofort. Wir sind schon ewig Freundinnen, sie ist meine offiziell registrierte Kontaktperson bei *Social Health – zu viel macht krank©*.

DJ Space-Jane legt jetzt unseren Lieblingssong auf. Samira richtet beide Arme mit ausgestreckten Zeigefingern zur Hallendecke. Sie spielt die Sängerin nach und kann das so gut wie keiner hier, obwohl der halbe Club den Text mitsingt.

Nach dem Song winkt Samira mich hinter sich her, zur Bar, dort sind zwei Plätze frei geworden. Sie leuchten grün. Wir ziehen die Schutzfolien von den Flaschen mit dem Maracujasaft und packen die Trinkhalme aus. So kann man problemlos mit dem Gesundvisier trinken, ohne es abzusetzen, was man logischerweise nicht darf. Dann lassen wir die Flaschen klirren.

»Auf diese Nacht!«, sage ich.

Samira antwortet etwas, was ich nicht verstehe bei der Musik. Aber ich folge ihrem Blick. Hinter mir sitzt ein Junge an der Bar. Er sieht süß aus, zugegeben, aber das trifft auf viele hier im Club zu. Schon leuchtet Samiras Controller, sie dreht ihr Handgelenk zu mir. *Noah möchte dich kennenlernen. Probetreffen bei Social Health beantragen?* Sie wischt die Anfrage weg, was ein ziemlich deutliches Nein bedeutet. Dem Jungen zwinkert sie aber aufmunternd zu. Der ist ihr nicht böse und lächelt zurück.

Kurz darauf leuchten die Controller von uns beiden. Es sind aber keine Anfragen von den Jungs hier, es ist ein Angebot des Clubs: *Frisch desinfizierte Toilettenkabinen sind frei. Reservieren?*

Wir nicken uns zu, trinken die Flaschen aus und gehen an unseren zwei Quadraten vorbei. Sie leuchten jetzt rot, weil wir die Fläche zum Tanzen gebucht haben und gerade nicht da sind. Reservieren muss jeder vor der Party, damit es nicht zu eng wird und man sich nicht zu nah kommt.

Auf dem Weg zur Toilette will ich einem Jungen ausweichen, der den Abstand nicht einhält. Ich rutsche dabei aus, falle auf den Boden und merke beim Aufstehen: Mein Protector ist am Knie mindestens einen halben Zentimeter aufgerissen.

Ich kann nicht mal sagen, ob er wirklich erst jetzt gerissen ist oder ob der Schutzanzug seit einer Stunde defekt ist. Ich habe es jedenfalls erst jetzt bemerkt. Samira geht vor mir, sie hat nichts von meinem Sturz mitbekommen. Die Tür zum Toilettenbereich erkennt ihren Controller und öffnet sich für uns.

Die Musik ist hier leiser, trotzdem sage ich es viel zu laut, ich schreie es fast schon, weil ich einfach nur Angst habe: »Mein Protector ist defekt!«

# 2

Ich zeige auf die Stelle am Knie, Samira beugt sich zum Riss und schaut ihn sich genauer an. »Tut's denn weh?«

»Nein. Aber wir müssen es melden.«

Samira richtet sich wieder auf. »Wenn du meinst.«

»Natürlich!«

Ich kontaktiere über den Controller den Support des Clubs und sage, was passiert ist. Zwei Minuten später steht ein Cleaner vor mir. Er ist bestimmt zwanzig Jahre älter als ich. Auf seinem Protector leuchtet auf Brusthöhe sein Vorname, Nick, darunter steht, was bei allen Cleanern an dieser Stelle steht: *Cleaner – auf uns ist Verlass*©.

»Mach dir keine Sorgen, Schilo.« Meinen Namen liest er von seinem Controller ab. »Wo ist der Riss?«

Ich zeige auf mein Knie.

»Wann war das?«

»Vor ein paar Minuten vielleicht.«

»Vielleicht?«

Nick weiß natürlich wie ich, dass in so einem Fall eine ungenaue Antwort eine schlechte Antwort ist. Je länger es den Riss gibt, desto mehr Leute könnten sich angesteckt haben. Also, falls ich einen Infekt habe oder so. Es sind quasi alle, die mir seit dem Riss begegnet sind oder auch nur in meiner Nähe waren. Wer weiß schon, welcher Protector außer meinem noch Mängel hat.

Nick zieht einen Koffer mit einem roten Kreuz von der Halterung an der Wand. Er packt einen Scanner aus und checkt die Stelle an meinem Knie. Danach sprüht er etwas darauf, und es fühlt sich kalt an. »Noch das hier, dann sind wir fertig.«

Der Riss ist überklebt mit einer schwarzen Schutzschicht.

»Das hält nicht für die Party, aber …« Nick schaut auf seinen Controller und sieht, wo ich wohne. »Aber bis du bei dir bist. Du hast es ja nicht weit.«

Er wischt über das Gerät am Handgelenk. »Ein Taxi wartet draußen auf dich.«

Ich beiße mir auf die Lippen und bekomme immerhin ein »Danke« heraus. Natürlich würde ich lieber im Club bleiben.

»Ich muss dich jetzt leider sperren.« Nick schaut zu Samira, dann wieder auf seinen Controller. »Und du bist ihre registrierte Kontaktperson?«

Das war keine echte Frage, er kann ja alle Daten einsehen. »Mhm …«, antwortet Samira daher ziemlich genervt.

Nick prüft alles. »Du hast achtundvierzig Minuten neben ihr getanzt, und du warst mit Schilo an der Bar was trinken.«

Samira verdreht die Augen. »Du musst mich auch sperren, ich weiß.«

Nick wischt wieder über seinen Controller.

Bei uns blinken eine Sekunde später die Anzüge rot, vom Kopf bis dorthin, wo der Protector in den Schuhen verschwindet. Auch die vom Ganzkörperanzug geschützten Finger leuchten. Nur das Gesundvisier verfärbt sich nicht.

Ein roter Protector bedeutet persönlicher Sicherheitsmodus, wir müssen in Quarantäne, also nach Hause, und zwar sofort. Durch das rote Blinken sind alle rechtzeitig vor uns gewarnt.

Wir gehen an unseren Tanzquadraten vorbei, zwei andere Cleaner reinigen die Fläche mit einem Desinfikator. Ein ähnliches Modell, nur etwas kleiner, haben wir zu Hause.

Am Ausgang des Clubs hat sich eine Schlange gebildet. Gelbe Linien am Boden zeigen die Mindestabstände. Ich erkenne ein paar von den Leuten, die um uns herum getanzt haben. Alle Schutzanzüge blinken rot, alle müssen in Quarantäne. Unser Barkeeper steht ebenfalls dort. Er dreht sich zu uns. »Ist eure Party auch schon vorbei?«

»Leider«, sage ich.

Mehr bekomme ich nicht raus, es ist mir zu peinlich. Zum Glück weiß er nicht, dass ich schuld bin an seinem Sicherheitsmodus. Und mir tut das total leid.

Der Barkeeper nickt ernst. »Wir haben einen dreijährigen Jungen.« Er betrachtet seinen rot blinkenden Anzug. »Hoffentlich ist es nichts Schlimmes.«

Ich würde ihn gern beruhigen, doch ich kann mir selbst nicht sicher sein. Vielleicht habe ich mir etwas geholt, vielleicht breitet sich genau jetzt in meinem Körper eine Krankheit aus.

Samira klatscht in die Hände, was mit den Protectorfingern leicht gedämpft klingt. »Und wo feiern wir jetzt weiter?«

Das ist Samira! Egal, was passiert, sie lässt sich nicht unterkriegen. Der Barkeeper lacht, ich schmunzele. Wir wissen alle, es war ein Spaß.

Am Ausgang steht eine Mitarbeiterin vom Club, links und rechts von ihr zwei stämmige Typen vom Sicherheitsdienst.

»Achte die GaR!«, sagt sie zu jedem, der an ihr vorbeigeht.

Alle antworten, mal leiser, mal etwas lauter, aber keiner lässt die übliche Redewendung aus.

»Bleib gesund!«, sagt Samira.

Keine zwei Meter später sagt sie noch etwas, sie spricht leiser und undeutlich. Was bei mir ankommt, kann sie nicht wirklich gesagt haben. »Wenn was krank macht, dann die GaR!«

# 3

»Wartet!«, ruft die Taxifahrerin. »Einen Moment!«

Sie zieht eine Schutzfolie über die Rückbänke. Auf die Innenseite der Türen sprüht sie *Antisept – Reinheit ist Gesundheit*©. Ihr Controller hat sie auf uns vorbereitet. Sie wusste, dass wir blinken, bevor sie uns gesehen hat.

Samira und ich warten drei Autolängen entfernt. Die Fahrerin lässt die Türen hinten offen und steigt vorne ein. Zwischen der Rückbank und ihr verläuft sowieso eine Hygienescheibe. Sie hat nichts zu befürchten.

Die Fahrerin schaut auf ihren Controller. Sie kennt unsere Adressen. »Wer will zuerst nach Hause?«

Wir schauen uns an. »Du zuerst«, sagt Samira, und ich habe nichts dagegen.

Ich will so schnell wie möglich diesen kaputten Protector loswerden und mich zu Hause noch einmal gründlich durchchecken lassen.

Das Taxi summt an den Hochhäusern vorbei. Samira und ich sitzen im nötigen Abstand nebeneinander. Sie streamt über ihren Controller die Musik von DJ Space-Jane live aus dem Club. Es könnte ein Vorwurf sein, weil die Party so früh zu Ende ist für uns. Nach dem Motto: Das verpassen wir gerade deinetwegen!

Aber so ist Samira nicht, und sie weiß, für den Riss kann ich nichts. Jeder Protector kann mal kaputtgehen.

Sie will nur, dass wir eine gute Zeit im Taxi haben. Und DJ Space-Jane hilft uns dabei.

Samira schaut mich besorgt an. »Du zitterst.«

»Mir ist kalt, ich bin müde, die Stelle tut weh …«

Sie hält den Kopf schräg und lächelt. »Du wirst das auf keinen Fall überleben.«

»Auf keinen Fall«, wiederhole ich und muss auch ein wenig grinsen.

Samira und ich spielen mit falschen Übertreibungen, seitdem wir uns in der Schulbasis kennengelernt haben. Der Typ, der zwei Quadrate neben uns getanzt hatte, war *echt mies*, bedeutet *echt süß*. Die Bioprüfung letzte Woche war *superleicht*, heißt *richtig schwer*. Das ist für uns zu einer Art Geheimsprache geworden.

Seit der fünften sitzen wir im Prüfungsraum in derselben Reihe, so haben wir uns kennengelernt. Sonst sieht man sich in der Schulbasis ja nicht. Wir machen *Homelearning – mehr Abstand ist schlauer*©.

Das Taxi hält, und die Fahrerin dreht sich zu uns nach hinten. »Die Erste von euch hat es geschafft. Achte die GaR!«

»Bleiben Sie gesund«, antworte ich, lächele Samira zu und steige aus.

Bezahlen muss ich nicht. Im Sicherheitsmodus übernimmt das Ministerium für Reinheit die Fahrtkosten. Schließlich soll man auf dem schnellsten Weg nach Hause, ohne andere anzustecken. Wenn kein Taxi verfügbar ist, muss man einen Krankenwagen rufen.

Der Lift bringt mich ins oberste Stockwerk des Hochhauses, und zusteigen kann keiner. Nicht weil ich im Sicherheitsmodus bin. Der Lift hält nie zwischendurch an, weil man ja in keinem Lift den gesunden Abstand einhalten kann. Der Raum ist dafür viel zu klein.

Nachdem meine Mutter den Job im Ministerium für Reinheit bekommen hat, sind wir hierhergezogen. Die Wohnung ist größer als unsere letzte.

Ich stelle mich in die Schleuse der Wohnung, und der Home-Controller checkt mich durch. Ich schiebe meine Schuhe in die Reinigungsbox, ziehe den Protector aus und hole mir einen neuen Schutzanzug aus der Schublade. Er ist nicht so dick, und ich trage ihn nur zu Hause.

Der Home-Controller ist fertig, und auf meinem Controller am Handgelenk kann ich das Ergebnis ablesen: *Erhöhte Körpertemperatur. Der persönliche Sicherheitsmodus wird auf 48 Stunden verlängert.*

Die Schleuse öffnet sich, und ich bin endlich in unserer Wohnung. Ich gehe in mein Zimmer, setze mich aufs Bett, und da meldet sich Samira. Ihr Gesicht erscheint an der Wand.

Samira sitzt noch im Taxi, sie verbeugt sich übertrieben vor mir. »Danke schön!«

»Wieso?«

Sie klopft auf ihren Controller, und ein Finger berührt eine der Kameralinsen. Kurz ist es schwarz.

»Meine Quarantäne wurde gerade auf 48 Stunden verlängert.«

»Ich bin schuld. Ich weiß.«

»Was ist los?«, fragt Samira.

»Ich hab Fieber.«

»Fieber?«

»Na ja, erhöhte Temperatur.«

»Was jetzt, Fieber oder erhöhte Temperatur?«

Ich schicke ihr meine Körperdaten zu, und es dauert einen Augenblick, bis sie weiterspricht. »Quatsch. Das ist doch nur, weil du so Panik schiebst. Dir geht's gut.«

Ich höre, wie meine Mutter durch die Schleuse tritt und an meinem Zimmer vorbeiläuft. Sie weiß nichts von meiner frühen Rückkehr. Ich wollte ja eigentlich viel länger im Club sein.

Ich schweige und höre genauer hin, irgendwas ist anders als sonst. Die Mikrowelle piepst, ein Stuhl wird gerückt. Doch da ist noch ein Geräusch. Weint meine Mutter etwa?

»Alles klar?«, fragt Samira, weil ich so lange nichts sage.

»Meine Mutter ist gerade von der Arbeit zurück.«

»So spät? Am Wochenende? Dachte, sie arbeitet im Ministerium.«

»Tut sie auch.«

»Arbeitet man da so lange?«

»Sie ist neu da. Wahrscheinlich will sie es allen zeigen.«

Samira ist inzwischen in ihrer Wohnung angekommen. Ihre Eltern arbeiten wie die meisten von zu Hause aus. Im Flur zwischen Küche und Bad hat jeder seine *Arbeitsbox – dein Job ist sicher*©.

Wenn ich Samira besuche, sitzen sie meistens dort drinnen. Jetzt ist es viel zu spät, eine der Boxtüren steht offen. Ich sehe einen kleinen Schreibtisch und Monitore. Ihre Eltern arbeiten nie so lange wie meine Mutter.

Einerseits nervt das Samira natürlich, weil ihre Eltern viel Zeit für Fragen haben: Wie war die Prüfung? Heute schon gelernt für die nächste? Hilfst du mal beim Aufräumen? Die ganze Staffel auf einmal geschaut? Typische Elternfragen eben.

Aber Samiras Eltern fragen auch, wie es ihr geht. Warum sie gerade traurig oder glücklich ist. Und solche Fragen vermisse ich ehrlich gesagt bei meiner Mutter schon manchmal. Sie nervt nur!

Samiras kleiner Bruder rennt durchs Bild. Obwohl ihr Protector sofort rot blinkt, wirft er sich Samira in die Arme.

»Hey, Oscar!«, rufe ich. »Deine Schwester ist im Sicherheitsmodus.«

Ich liebe den wilden Kerl. Oscar ist acht Jahre alt und die noch lebhaftere und frechere Variante seiner Schwester. Ich hätte gern so einen kleinen Bruder. Doch meine Mutter würde mit so einem Jungen verzweifeln.

»In Quarantäne? Echt?«, fragt Oscar.

Sein Protector blinkt jetzt natürlich auch rot. Er ist seiner Schwester zu nahe gekommen.

Ich schüttele den Kopf.

»Ojeeee!«, ruft Oscar. Er fasst sich an den Hals, hechelt nach Luft, verdreht die Augen und lässt sich auf den Boden fallen.

Samira zieht ihren Bruder hoch, und im Hintergrund ruft ihre Mutter. »Oscar! Geh sofort wieder ins Bett!«

Oscar lässt den Kopf hängen. »Schon gut.«

Er hüpft zur Tür. »Gute Nacht, Schilo!«

»Gute Nacht, du Schauspieler!«

Oscar dreht um, rennt auf Samiras Controller zu und leckt über die Linse. Seine Zunge hinterlässt einen grauen Streifen.

»Du Schwein!«, ruft Samira und wischt mit ihrem Protector die Spucke weg.

Ich kann sie wieder klar sehen. »Wann schläft Oscar eigentlich?«

»Nie«, sagt sie gespielt ernst.

»Nimmt er nicht seine Pille?«

»Seine was?«, fragt sie, und das macht sie extra. Sie tut so, als wüsste sie von nichts.

»Also, deine Familie ist echt schräg.«

»Wieso?«, fragt Samira und schielt in die Kamera. Sie bläst ihre Backen auf und winkt mir zu. Ich schüttele lachend den Kopf. »Bis morgen!«

Ich will sehen, was mit meiner Mutter los ist. Weint sie wirklich? Im Flur brennt kein Licht, mein Anzug blinkt stärker auf dem Weg in die Küche. Also muss meine Mutter dort sein. Mein Protector will sie davor warnen, mir zu nahe zu kommen. Und meine Mutter ist nicht wie Oscar, sie hält sich an alle Gesetze. Sonst hätte sie es nicht ins Ministerium für Reinheit geschafft.

Ich öffne die Küchentür, und meine Mutter weint tatsächlich. Ihr Kopf lehnt an der Hygienescheibe.

Und hinter dem fingerdicken Glas ist noch jemand wach.

# 4

Ich bleibe im Türrahmen stehen. Meine Mutter sitzt ohne Gesundvisier an der Hygienescheibe und wischt sich die Tränen mit einem Taschentuch aus dem Gesicht. Ich habe sie lange nicht mehr weinen gesehen.

Sie hatte einmal eine schlimme Phase, kurz nach der Trennung von meinem Vater, und das ist ewig her. Da habe ich sie jeden Abend in ihrem Schlafzimmer schluchzen hören. Sie wollte allein sein, behauptete sie zumindest, denn alles sei gut. Obwohl ich klein war, erkannte ich die Lüge. Keiner will seine Mutter weinen sehen.

Nun ist es wieder so weit, wenn auch nicht in ihrem Schlafzimmer, sondern in der Küche. Immerhin ist sie hier nie allein. Hinter der Hygienescheibe ist jemand, der auf sie wartet, selbst wenn es so spät ist wie heute.

Sie streichelt über das Glas, und auf der anderen Seite drückt eine kleine, faltige Hand mit schwarzen Flecken dagegen. Ich stehe immer noch im Türrahmen. Von hier sieht es aus, als ob sich die Hände berühren.

Die Hygienescheibe trennt die Küche vom *Saferoom – dem Raum der Einsicht*©. In diesem Raum hinter der Glaswand lebt meine Oma, also die Mutter von meiner Mum. Schließlich gehört sie mit ihrem hohen Alter zur

Risikogruppe. Sie muss gesund bleiben, denn selbst harmlosere Krankheiten können für sie gefährlich werden.

Die kleine, faltige Hand löst sich vom Glas und winkt mir wie in Zeitlupe zu. Meine Oma hat mich entdeckt, was nicht schwer ist, weil ich ja inzwischen blinke wie ein Krankenwagen.

Meine Mutter dreht sich zu mir und zuckt zusammen. »Schilo-Schatz. Ich dachte, du bist im Club mit …« Sie greift zum Gesundvisier auf dem Tisch. Es dauert keine drei Sekunden, und sie hat alles an ihrem Kopf befestigt. »Du bist im Sicherheitsmodus?«

Ich bleibe, wo ich bin, und erzähle meiner Mutter, wie es passiert ist. Meine Oma kann über ihren Controller mithören, es ist so, als wäre die Scheibe gar nicht da. Wir schließen sie nie von etwas aus. Nur manchmal, wenn sie ihre Ruhe haben will, deaktiviert sie die Lautsprecher ihres Controllers.

Viele spezielle Geräte machen ihr Zimmer, den Saferoom, zum sichersten Ort überhaupt. Sie reinigen das Wasser gründlicher, sie filtern die Luft, töten Bakterien und Viren ab. Oma muss daher im Saferoom keinen Protector tragen. Sie kann sich mit den altmodischen Kleidern ihrer Zeit frei bewegen, also innerhalb des Saferooms. *Altmodisch* würde ich ihr gegenüber natürlich nie sagen. Und sie hat in ihrem Raum auch ein eigenes Bad mit einer eigenen Waschmaschine.

»Wie geht es deinem Bein?«, fragt meine Oma.

»Tut nicht weh. Aber der Riss im Protector und …«

»Ja, doch. Sicher ist sicher«, sagt Oma. »Jetzt bleibst du erst mal in der Wohnung.«

Meine Mutter wischt über ihren Controller. »Und was ist mit deiner erhöhten Temperatur?«

Sie hat natürlich auch auf meinen Controller Zugriff. Früher hat sie dort öfter nachgeschaut, inzwischen lässt sie mich meistens in Ruhe. Ich denke nicht, weil sie mir vertraut, sondern weil sie einfach keine Zeit mehr für so etwas hat.

Meine Oma schaut besorgt. »Fieber?«

»Ist nur die Aufregung, meint Samira.«

»Meint Samira?«, sagt meine Mutter. »Das ist deine registrierte Kontaktperson und keine Ärztin.«

Ich schaue auf meinen Controller. »Jetzt ist die Temperatur sowieso wieder normal.«

Meine Mutter steht auf. »Keine Diskussionen! Du bist im Sicherheitsmodus – nur zu Hause bist du sicher.« Sie hält noch einmal ihre Hand an die Scheibe und lächelt Oma zu. »Und du gehst jetzt auch schlafen.«

Mum verschwindet im Schlafzimmer. Ich hole mir aus dem Kühlschrank einen Erdbeerjoghurt und setze mich an den Tisch. Der endet an der Hygienescheibe und wird dahinter im Raum der Einsicht fortgesetzt. Es fühlt sich so an, als würde ich mit meiner Oma zusammen an einem großen Tisch sitzen. Obwohl wir natürlich nicht dasselbe essen können. Ich kann ihr ja nicht einfach ein Joghurtglas durch ihre Schleuse reichen.

Die Schleuse zum Saferoom muss versiegelt sein. Meine Mutter hat mir von alten Menschen erzählt, die den Raum der Einsicht versehentlich verlassen hatten. Sie waren Schlafwandler oder hatten einfach vergessen, wie ungesund es draußen für sie war. Oder, noch schlimmer: Enkelkinder waren in den Raum der Einsicht gestürmt, um ihre Großeltern zu besuchen. Durch die Versiegelung hat man das Problem gelöst. Der Raum der Einsicht ist jetzt wirklich ein richtiger Saferoom.

Meine Mutter hat mir immer gesagt, gerade die Kleinsten brauchen Zeit, bis sie die Gesetze der absoluten Reinheit verinnerlicht haben. Wenn ich daran denke, sehe ich auch Samiras Bruder vor mir. Er tut sich mit den GaR ziemlich schwer.

Ich löffele mein Joghurtglas leer. Immerhin blinkt jetzt mein Anzug nicht mehr, für meine Oma bin ich logischerweise keine Gefahr, durch die Hygienescheibe dringt kein Erreger.

»Wieso hat Mum geweint?«, frage ich.

# 5

»Ach, meine Liebe.« Oma geht in ihre Kochecke und kommt mit einem dampfenden Becher zurück. Ich tippe auf Tee, sehe aber die schwarze Brühe.

»Kaffee?«, frage ich und muss ziemlich entsetzt klingen.

»Die eine Tasse wird mich nicht umhauen.«

»Oma, dein Blutdruck!«

»Wenn du das jetzt noch lauter sagst, bekomme ich Ärger mit dem Ministerium.« Sie zeigt zum Schlafzimmer meiner Mutter.

Ich verkneife mir ein Lächeln und schüttele den Kopf. »Kaffee ist nicht gut für dich.«

»Warum? Ist es zu spät dafür?«

»Das auch«, sage ich.

»So? Zu spät also. Wieso lasst ihr mich nicht einfach schlafen, statt mich mit euren Problemen zu belästigen?« Sie meint es nicht so, sondern strahlt mich an und nippt am Kaffee. »Jetzt fehlt nur ein Stückchen Zucker.«

»Oma, hör bitte auf damit!« Ich stelle mein leeres Joghurtglas in die Spülmaschine und setze mich näher an die Hygienescheibe. »Woher hast du den Kaffee überhaupt?«

Ich kenne natürlich die Antwort: Der Kaffee muss von Costa sein, unserem Cleaner. Denn nur die Cleaner haben Zutritt zum Raum der Einsicht. Costa kommt wie alle Cleaner in den späten Nachtstunden, wenn wir schlafen.

Einen Pfleger braucht Oma noch nicht. Sonst hätte der natürlich auch Zugriff und käme durch die Schleuse zu ihr. Die Cleaner tragen spezielle Protector-Anzüge und sind geschult. Sie wissen, wie sie sich in diesen Räumen richtig zu verhalten haben. »Wir können das nicht so sicher wie sie«, sagt meine Mutter immer.

Und jetzt hat der Cleaner Kaffee in den Raum der Einsicht geschmuggelt!

»Schau nicht so«, sagt Oma. »Costa passiert nichts. Der bekommt deswegen keinen Ärger.«

»Ich mache mir auch nicht Sorgen um Costa, sondern um deine Gesundheit!«

»Mir geht es gut. Und mehr Kaffeepulver gibt es sowieso nicht.«

»Warum bist du dir da so sicher?«

»Weil Costa nicht mehr kommt.«

»Was?«

»Der Kaffee war sein Abschiedsgeschenk.«

»Costa geht? Wohin?«

Oma schaut in ihre Tasse. »Er ist auch nicht mehr der Jüngste. Und die Arbeit ist hart. Wusstest du, dass er im Hochhaus jede Nacht fünf Wohnungen desinfiziert?«

Wusste ich nicht, ich habe ihn nie gesehen. Vielleicht mal einen Schatten von ihm, nachts, wenn ich aufgewacht bin. »Darf er nicht mehr zu uns, weil er zu alt ist?«

»Er will einfach nicht mehr. Er verlässt Cleanland.«

Das höre ich zum ersten Mal. Keiner verlässt das Land freiwillig, um in den Sicklands zu leben. In der Schulbasis haben wir drei Wörter gelernt, die das Leben dort zusammenfassen: *Sicklands – verseucht, verloren, verdammt.*

Was für eine Nacht, denke ich. Erst reißt mein Protector, dann setze ich den halben Club in Quarantäne, Samiras kleiner Bruder blinkt auch schon rot, und meine Oma trauert um Costa, während meine Mum weinend von der Arbeit kommt.

Ich hole mir eine Packung mit getrockneten Mangostücken. »Und wieso ist Mum jetzt so traurig?«

Oma trinkt einen kräftigen Schluck vom Kaffee, der inzwischen abgekühlt sein muss. »Sorgen.«

Mehr sagt sie nicht.

Ich mag es nicht, wenn mich Oma wie ein kleines Kind behandelt. Ich kann mit Problemen sehr gut umgehen. Die Trennung meiner Eltern hab ich schließlich auch überlebt. »Und was für Sorgen?«

»Deine Mutter muss gerade sehr schwere Entscheidungen treffen.«

»Was für Entscheidungen?«

Oma stellt den Kaffeebecher in ihre kleine Spülmaschine. Mir fällt erst jetzt auf, dass sie ein Nachthemd trägt. »Das weiß ich auch nicht.«

Ich glaube nicht, dass Oma mir die Wahrheit sagt.

Sie geht zu ihrem Bett und nimmt ein Buch vom Nachttisch.

»Das ist ein Bürojob im Ministerium«, sage ich.

»Wieso macht sie das so fertig? Sie sitzt dort doch nur am Schreibtisch.«

Oma ignoriert den Satz. Sie setzt sich auf ihr Bett, zieht langsam die Beine hoch, legt sich hin und deckt sich zu. Erst als ich keine Antwort mehr erwarte, spricht sie endlich weiter. »Nur am Schreibtisch? Jeder Krieg hat bisher an einem Schreibtisch begonnen.«

Was meint sie damit schon wieder? Bevor ich fragen kann, schaltet meine Oma den Lautsprecher am Controller aus und klappt ihr Buch auf.

# 6

Es ist ein Uhr nachts, und ich liege endlich im Bett. Omas Satz geht mir nicht mehr aus dem Kopf. *Jeder Krieg hat bisher an einem Schreibtisch begonnen.* Klar, es kommt nicht einfach so zu Kriegen, es gibt Ursachen und Auslöser. Aber was hat das mit meiner Mutter zu tun?

Sie arbeitet nicht im Ministerium für Heimatschutz, sondern im Ministerium für Reinheit. Wie hat meine Oma das mit dem Krieg überhaupt gemeint? Ich will aufhören, darüber nachzudenken, und weiß, was mir dabei hilft: Es ist höchste Zeit für den *Nachtheiler – schlafen ist gesund*©. Ich schlucke die Pille mit einem halben Glas Wasser hinunter. Sie ist so klein wie eine Erbse und schwarz wie die Nacht. Es dauert keine zwei Minuten, und ich schlafe ein.

Um kurz nach neun wache ich auf. Es gibt nichts Besseres, als an einem Sonntagmorgen im Bett zu liegen. Keine Termine beim Homelearning, keine Prüfungen, keine Aufgaben für irgendwas. Sonntag ist Samira-Tag! Die Samira-Nacht war viel zu kurz.

Sie nimmt meinen Kontaktversuch sofort an und schießt los. »Morgen, Schilo! Kommst du zu mir? Wollen wir irgendwo frühstücken? Oder schon bereit für Sport?«

»Äh … weiß nicht.«

Das waren ein paar Fragen zu viel auf einmal. Samira ist viel zu schnell für die Uhrzeit. Seit wann ist sie wach? Und sie grinst, aber wieso das jetzt schon wieder? Ich kapiere es echt nicht.

»Wir machen nichts von alldem!«, sagt sie auf einmal.

»Und wieso?«

»Weil wir Gefangene sind. Sicherheitsmodus. Schon vergessen?«

Das hab ich, aber antworten muss ich darauf nicht. Ich checke meine Körperdaten. Der Nachtheiler hat seine Arbeit gut gemacht, alle Körperwerte sind optimal. An der Quarantäne ändert das jedoch leider nichts. Ein gerissener Schutzanzug bleibt ein gerissener Schutzanzug.

Samira strahlt immer noch. »Aber das ist alles überhaupt nicht schlimm.«

»Ist es nicht? Wieso?«

»Wir müssen lernen! Physiktest, hast du den auch vergessen?«

»Nicht am Sonntag!«, protestiere ich.

»Du kannst dir schlechte Noten leisten. Ich mir nicht. Meine Mutter arbeitet nicht in einem Ministerium und …«

»Ist ja gut. Sagen wir in einer Stunde?«

»In einer halben, du Faultier.«

Ich lasse den Kopf nach vorn fallen. »Physik! Oje, das wird ja ein traumhafter Sonntag.«

Samira ist lockerer als ich, wenn es um die GaR geht. Aber bei Prüfungen versteht sie keinen Spaß, da ist sie gnadenlos. Und sie hat recht, sie braucht sehr gute Ergebnisse. So ungerecht das ist: Meine Mutter arbeitet im Ministerium. Mit ihren Kontakten fände ich immer eine Stelle.

Deswegen will ich als Freundin zumindest eines machen: Samira dabei helfen, eine super Note zu bekommen. Also sitze ich eine halbe Stunde später brav vor meiner Wand. Samira sehe ich auf der einen Hälfte, auf der anderen lösen wir die Aufgaben. Wir aktivieren die Spielphase, immerhin dazu konnte ich sie überreden. Wer zuerst die Lösung weiß, bekommt Punkte. Und die Punkte können wir zwischendurch gegen Ausrüstung für unsere Avatare eintauschen.

Meine Mutter verbringt den Sonntag im Schlafzimmer. Sie hat sich dort eine Arbeitsecke eingerichtet. Selbst Oma hat kaum Zeit: Die Talentshow läuft das ganze Wochenende über! Das Spektakel ist live und dauert Stunden, denn in der Vorauswahl stehen über fünfzig Leute.

Am Abend schiebe ich mir etwas in die Mikrowelle und schaue durch die Hygienescheibe zu. Meine Oma sitzt auf ihrem Sessel und bewertet über ihren Controller eine Teilnehmerin.

Die Frau rennt durch eine Halle, die Kameras folgen ihr. Sie muss blinkenden Statisten ausweichen, die wiederum versuchen, sie zu fangen. Da ich selbst noch in Quarantäne bin und rot blinke, wenn mir jemand zu nahe kommt, finde ich es nicht so witzig. Die Frau stürzt, und der nächste Teilnehmer versucht sein Glück.

Viele im Wettbewerb sind Cleaner. Für sie ist diese Show eine riesige Chance, sie können Geld gewinnen. Manche sind aus den Sicklands eingewandert, andere kommen aus ärmlichen Verhältnissen. Alle können die Prämien von der Show gut gebrauchen.

»Der bekommt von mir zehn Punkte«, sagt meine Oma und wischt über ihren Controller.

»Der läuft doch noch. Warte erst mal ab.«

»Das ist ein netter Kerl. Der wäre doch auch was für dich.«

»Oma! Ich will keinen Freund.«

Meine Oma lacht. »Das hab ich auch mal gesagt.« Sie wendet den Blick nicht von der Show und fügt leise hinzu: »Bis ich deinen Opa kennengelernt habe.«

Ich räume meinen Teller ab und wische die Mikrowelle sauber, damit meine Mutter später keinen Anfall bekommt. Sie regt sich über solchen Kleinkram auf. Meine Oma schaut schweigend die Show an. In Gedanken ist sie jetzt sicher woanders.

»Willst du ein wenig über Opa reden?«, frage ich.

Manchmal, wenn sie traurig ist, hilft das. Ich kenne die Geschichten inzwischen auswendig, aber wenn es ihr guttut, wieso denn nicht.

Meine Oma schüttelt den Kopf. »Danke, Liebes.«

Opa starb, als ich klein war. Würde er leben, wäre meine Oma nicht allein im Raum der Einsicht.

Drei Tage später habe ich einen komischen Traum. Die Pille hilft beim Einschlafen, und man wird nicht so oft zwischendurch wach. Doch an den Träumen ändert der Nachtheiler leider nichts.

Ich tanze wieder unter DJ Space-Jane. Alle sind da: Samira ist neben mir, der Barkeeper winkt mir zu, und Nick, der Cleaner, taucht auf. Er bleibt vor mir stehen und starrt auf meine Knie.

Ich höre auf zu tanzen und schaue nach unten. Mein Anzug ist handbreit aufgerissen, dabei bin ich nicht einmal gestürzt. Wie ist das geschehen? Ich sehe eine Wunde, die immer mehr anschwillt. Blut tropft auf den Boden. Samira hält die Hände vor den Mund, und Nick schreit etwas.

Die Menschen um uns herum zeigen auf mich, sie kreischen. Alle strömen zum Ausgang des Clubs, die ganze Halle blinkt rot. Aber sie ist komplett im Sicherheitsmodus, keiner kommt mehr raus. DJ Space-Jane seilt sich von der Kugel über uns ab. Je näher sie auf mich zukommt, desto besser kann ich das faltige Gesicht erkennen.

Es ist meine Oma.

# 7

Als ich aufwache, ist es noch dunkel in meinem Zimmer. Aber ich bin nicht allein im Raum, eine Gestalt steht in einer Ecke. Ich schreie vor Schreck, die Person lässt etwas fallen, das auf den Boden kracht, und schreit ebenso.

Ich mache das Licht an. Auf dem Protector der Person ist ein C für Cleaner zu lesen. Ich kann die Wörter darunter erahnen, weil es immer dieselben sind: *Auf uns ist Verlass.*

Seinen Namen kann ich nicht erkennen. Er ist mindestens fünfzig Jahre jünger als Costa, also nur ein wenig älter als ich. Und er lächelt mir zu, wenn auch ziemlich schüchtern.

Dann sagt er sogar etwas, aber das kommt nicht bei mir an. Ich bin wie gelähmt. Der Nachtheiler hat bei mir im Kopf eine Wand aufgebaut, durch die keiner so schnell kommt.

Der Cleaner hebt den Desinfikator vom Boden auf, und ich will auch etwas sagen, doch meine Lippen bewegen sich nicht. Ich bin viel zu müde. Meine Augen schließen sich, ich bekomme nur noch mit, wie er das Licht im Zimmer wieder ausschaltet.

Als ich die Augen aufschlage, ist es hell. Natürlich ist der Cleaner längst fort. Ich hätte gern mit ihm gesprochen, so kenne ich nur sein schüchternes Lächeln.

*Genießen Sie die Reinheit*, steht wie jeden Morgen auf meinem Controller. *Sind Sie zufrieden mit dem Cleaner?*

Ich muss ihn heute Nacht furchtbar erschreckt haben. Normalerweise wacht ja keiner auf, wenn die Zimmer gereinigt werden, dem Nachtheiler sei Dank. Aus schlechtem Gewissen gebe ich ihm fünf Sterne. Ich checke nicht einmal mein Zimmer.

Wie viele Sterne hab ich gestern vergeben? Er muss die letzten Nächte schon da gewesen sein. Sein Vorgänger, Costa, ist ja ausgewandert. Zumindest hat er das meiner Oma gesagt, bevor er ihr das Kaffeepulver zum Abschied geschenkt hat. Aber wieso denke ich jetzt dauernd an den neuen Cleaner?

Ich muss erst mal wach werden und dusche mich, ziehe mir einen frischen Protector an und gehe ohne Frühstück los. Die Physikprüfung findet in der Schulbasis statt. Nach einer halben Stunde mit der U-Bahn stehe ich vor dem flachen Gebäude. In der Kantine finde ich eine freie Esskabine, die grün leuchtet und frisch desinfiziert ist. Ich löffele schnell ein Müsliglas aus und trinke einen Salbeitee mit Honig.

Samira hat mit ihren Eltern gefrühstückt und holt mich vor der Kabine ab. Wir laufen in die Prüfungshalle, es ist derselbe große Raum wie immer. Wir sitzen in derselben Reihe, auf denselben Stühlen, mit denselben drei Metern Abstand voneinander. Die Physiklehrerin steht im Raum vorne und wartet, hinter ihr läuft der Countdown an der Wand. Wir haben noch einige Sekunden für uns.

»Wir haben einen neuen Cleaner«, flüstere ich Samira zu.

»Und jetzt?«

»Der ist nur ein paar Jahre älter als wir.«

Sie hält den Kopf schräg. »Woher weißt du das?«

»Ich hab ihn gesehen heute Nacht.«

»Du hast ihn gesehen?«

»Ja.«

»Den Nachtheiler vergessen?«

»Nein. Schlecht geträumt und ...«

Die Physiklehrerin breitet die Arme weit aus. »Guten Morgen, liebe Schülerinnen und Schüler ...«

Vier Stunden später sind alle Fragen beantwortet. Das Ergebnis steht natürlich sofort fest, aber die Bewertung bekomme ich erst in zwei Stunden. Die Schulbasis will uns immer erst mal alle aus dem Gebäude bekommen.

Die Physiklehrerin steht am Ausgang des Prüfungsraumes. »Achtet die GaR!«

»Bleiben Sie gesund«, antworte ich.

Samira und ich gehen in den Park gegenüber. Sie hat zwei frisch gereinigte Plätze auf einer Bank für uns reserviert. Das machen wir nach jedem Prüfungstag, wir sitzen hier und quatschen.

So praktisch Homelearning ist, von dieser Bank aus sieht man die ganzen Leute mal in echt, nicht nur an der Wand zu Hause. Nach uns haben andere Klassen ihre Prüfungen. Es ist ein ständiges Kommen und Gehen, also superinteressant für Samira und mich.

Sie will aber nicht über andere Mitschüler reden, sie fragt mich über den neuen Cleaner aus. »Du hast gesagt, der ist nicht viel älter als wir?«

»Schätze ich, ja.«

»Sieht er gut aus?«, fragt Samira.

»Darauf hab ich nicht geachtet!«

»Ach, jetzt komm schon.«

»Er sieht interessant aus.«

»Er sieht interessant aus?«

Ich nicke nur.

Samira lacht.

»Was denn?«, frage ich.

»So spricht nur jemand, der verliebt ist.«

»Ich kenne ihn doch überhaupt nicht!«

»Und?«, fragt Samira.

»Was und?«

»Wie geht die Geschichte mit euch weiter?«

»Die Geschichte ist bereits zu Ende. Erstens sieht man die Cleaner sowieso nie …« Ich mache eine Pause und ergänze den Satz: »… es sei denn, man wacht von komischen Träumen auf.«

»Und zweitens?«, fragt Samira.

»Er ist ein Cleaner.«

Samira nickt. Sie weiß so gut wie ich, dass Beziehungen mit Cleanern verboten sind. Ich dürfte nicht einmal ein Probetreffen mit ihm beantragen. Aber wieso denke ich überhaupt an so was? Ich weiß nichts über ihn.

»Na und? Du könntest ihn trotzdem kennenlernen.«

»Ich schlafe nachts. Keine Chance also.«

»Und wenn du mal aus Versehen den Nachtheiler vergisst?«

»Nicht schon wieder das Thema«, sage ich gereizt. Samira spürt natürlich, wie die Stimmung kippt.

»Ich will nur sagen …«, fängt sie an.

»… dass ich die GaR viel zu ernst nehme?«

»Na ja. Du könntest manchmal etwas lockerer sein.«

»Kann ich nicht!«, sage ich und stehe vom Platz auf. »Nicht bei einer Mutter, die im Ministerium arbeitet.«

Auf meiner Sitzfläche blinkt: *Schilos Restlaufzeit beträgt elf Minuten.*

# 8

Ich laufe zur U-Bahn, ohne mich zu verabschieden. Ich bin sauer auf Samira. Ich verzichte nie auf den Nachtheiler, das weiß sie. Schlafen ist gesund, und nur mit dem Nachtheiler schläft man gut. Ich kann Gesetze nicht einfach so mal lockerer nehmen. Aber ich beneide Samira ehrlich gesagt, wie sie das schafft. Vielleicht bin ich deswegen so wütend.

Samira hat mich eingeholt. »Hey, war nicht so gemeint.«

»Wieso hast du wieder mit dem Nachtheiler angefangen?«

»Weil ich manchmal auf ihn verzichte und trotzdem noch lebe.«

»Was sagen deine Eltern dazu?«

»Die machen es genauso. Und ich glaube, viele andere in Cleanland auch.«

»Aber ich will gesund bleiben.«

Samira verschränkt die Arme vor dem Bauch. »Bekommst du keine Kopfschmerzen vom Nachtheiler?«

Ich mache ihre Körperhaltung nach. Wir sehen aus wie meine Eltern beim alltäglichen Streit – vor ihrer Trennung. »Kopfschmerzen vom Nachtheiler?«, frage ich.

»Ja. So ein fieses Ziehen hinter der Stirn.«

»Nee. Also manchmal vielleicht.«

Samira macht mich nach. »Nee. Also manchmal vielleicht?«

»Ja. Kann auch daran liegen, dass ich zu wenig Nachtheiler nehme. Vielleicht wären zwei pro Nacht besser, oder?«

»Klar«, sagt Samira. »Oder zweihundert!«

Eine von uns fängt an zu grinsen. Ich glaube, es ist Samira. Wir können einfach nicht streiten, ohne dass es komisch wird. Das unterscheidet uns von meinen Eltern, die habe ich nie zusammen lachen sehen.

Samira streckt mir zur Versöhnung den Ellenbogen entgegen. Ich drücke meinen an ihren. Die Sache ist wieder okay zwischen uns.

Wir laufen zurück zur Parkbank, ein paar Minuten haben wir die Plätze ja noch für uns gebucht.

Samira sitzt zuerst. »Zurück zu den wirklich wichtigen Fragen.«

»Und die wären?«

»Willst du den neuen Cleaner jetzt kennenlernen, oder nicht? Ich frage, ob du *willst*? Ich frage nicht, ob du es wirklich *tust*.«

Ich lasse keine Zeit verstreichen. »Niemals. Auf keinen Fall.«

Samira nickt anerkennend. Sie weiß natürlich, wie ich das meine.

Als unsere Zeit abgelaufen ist, leuchtet die Bank rot, wir müssen aufstehen und gehen weiter. Nach ein paar Schritten kommen wir an einer Bank vorbei, die überhaupt nicht leuchtet, sie ist defekt. Samira bleibt stehen. »Die ist für uns!«

»Die ist nicht mal desinfiziert!«

Sie holt eine Dose Antisept aus ihrer Umhängetasche und sprüht die Bank eine Minute lang ein. »Jetzt ist sie es. Und wir sehen den Schuleingang von hier perfekt!«

Ich muss grinsen, die Bank ist ja nun wirklich mehr als rein.

»Ob dein Fan kommt?«, frage ich.

»Der Typ ist gestorben!«, sagt Samira.

»Was?«

»Für mich ist er gestorben.« Sie zeigt auf ihrem Display sein Profil, er hat eine neue Kontaktperson registriert, ein Mädchen von einer anderen Schulbasis. Vorher war es ein Freund aus seiner Klasse gewesen, da hatte Samira sich Hoffnungen gemacht. Denn dass er auf Mädchen steht, war auch auf seinem Profil zu lesen.

»Verräter«, sage ich, und Samira nickt.

Plötzlich zeigt mein Display eine Nachricht an. Eine der Sicherheitsschleusen bei uns in der Wohnung sendet ein Notsignal.

»Was ist los?«, fragt Samira.

# 9

Eine halbe Stunde später stehen Samira und ich vor der Schleuse unserer Wohnung. Schneller ging es nicht. Wir sind mit der U-Bahn gefahren, mit dem Taxi hätte es bei dem Verkehr länger gedauert. Wir gehen nacheinander in die Schleuse, unser Home-Controller scannt uns und leuchtet bei beiden von uns grün.

Seit dem Clubbesuch bin ich etwas nervös. Ich will nicht wieder in den Sicherheitsmodus! Es ist nicht nur peinlich, wenn der eigene Protector rot blinkt, es fühlt sich auch einfach nicht gut an, wenn man die eigene Wohnung nicht verlassen darf.

Samira und ich haben noch nicht die Küche erreicht, da tritt meine Mutter durch die Schleuse. Das Sicherheitssystem hat natürlich auch sie kontaktiert. Ohne ein Wort zu wechseln, eilen wir zu dritt zur Küche, kommen aber nur bis zum Türrahmen.

Oma steht vor uns. Sie ist nicht in ihrem Raum der Einsicht!

»Oma?«

Sie beugt sich über eine Schublade und zuckt zusammen. Dann starrt sie uns mit großen Augen an. Offenbar hat sie uns nicht kommen gehört. »Oh … ihr seid heute so früh zurück?«

Samira blickt zu mir, ich ziehe die Schultern hoch.

Meine Mutter sagt nichts, sie muss mit den Nerven fertig sein. Ihre eigene Mutter findet einen Weg, den Raum der Einsicht zu verlassen, und dabei hat sie eine Stelle beim Ministerium für Reinheit!

»Was ist passiert?«, frage ich.

Während Oma überlegt, stelle ich eigene Vermutungen an. Vielleicht gab es Probleme bei der Filteranlage, zu wenig Sauerstoff oder so? Also, irgendein Notfall hat die Schleuse automatisch geöffnet. Aber in so einem Fall wäre doch auch der Notarzt verständigt worden?

»Oma?« Ich wiederhole die Frage und spreche langsamer: »Was ist passiert?«

Sie schweigt und blickt auf den Boden.

»Was tust du hier?«, fragt meine Mutter und zeigt zur Schublade. Sie hat ihre Stimme wiedergefunden.

»Salz.« Mehr sagt Oma nicht.

»Salz?«, fragt meine Mutter.

»Meine Salzration war zu Ende.«

»Deswegen sind Sie raus?«, fragt Samira.

»Das Essen hat nach nichts geschmeckt.«

Samira nickt, als ob sie dafür Verständnis hätte. Aber meine Oma hat sich soeben in echte Gefahr gebracht!

Meine Mutter lässt den Kopf hängen. Sie schaut beim Sprechen auf den Küchenboden, so wie meine Oma. »Denk an deinen Blutdruck. Mehr Salz ist nicht gesund für dich, und …« Meine Mutter stoppt mitten im Satz. »Samira, könntest du bitte gehen? Es tut mir leid.«

»Klar doch.« Samira ahnt sicher, wie peinlich das

meiner Mutter ist. Und sie weiß auch, dass ich ihr später sowieso alles berichten werde. Sie nickt uns zu. »Achtet die GaR!« Das klingt in dem Moment natürlich besonders komisch.

»Bleib gesund!«, sagen meine Mutter und ich gleichzeitig. Sogar die Lippen meiner Oma bewegen sich, auch wenn sie sehr leise spricht.

Die Schleusentür der Wohnung zischt, und Samira ist fort. Meine Mutter dreht sich wieder zu Oma. »Wie bist du rausgekommen?«

Wir hören Oma zu, halten dabei den nötigen Abstand. Sie nennt uns den Code für den Raum der Einsicht. Und sie packt aus ihrer Strickjacke eine Chipkarte. Es ist die Karte von Costa.

Meine Mutter wischt über ihren Controller. »Costa ist seit mehreren Nächten kein Cleaner mehr bei uns.«

Oma nickt und erzählt weiter. Er hat ihr bei seiner letzten Schicht nicht nur eine Packung Kaffee geschenkt, sondern auch seine Karte dort gelassen.

Meine Mutter ist entsetzt. »Er hat sie dir einfach gegeben?«

»Oder aus Versehen verloren«, sagt Oma. »So genau weiß ich das nicht mehr.«

»Sicher«, sagt meine Mutter, sie spricht mit Oma, als wäre sie ein kleines Kind. Vermutlich glaubt sie ihr kein Wort.

Oma merkt es und versucht, die Situation zu retten. »Jetzt erinnere ich mich! Er ist durch die Schleuse gegangen, dann ist ihm die Karte auf den Boden gefallen.

Ich habe das erst ein paar Stunden später gesehen, und genau da …«

Meine Mutter schüttelt den Kopf. »Wieso hast du Costas Karte behalten? Wieso hast du mir das nicht gesagt?«

Ich wäre nicht so streng. Ich finde Omas Verhalten natürlich auch dumm und gefährlich, aber irgendwie auch mutig. Und das alles für ein paar Gramm Salz.

»Ich hab vergessen, dir davon zu erzählen«, sagt Oma.

»Vergessen«, wiederholt meine Mutter. »Den Code für die Schleuse hast du dir aber gemerkt!«

»Ja … also …«

»Schon gut«, sagt meine Mutter und beißt sich auf die Lippen. Etwas zu verzeihen ist nicht ihre Stärke. »Es ist gefährlich für dich, den Raum der Einsicht zu verlassen.«

Oma antwortet darauf nicht, sie geht in die Schleuse, die zu ihrem Saferoom führt. Mit Costas Karte und dem Code kommt sie nicht nur raus, sondern auch wieder rein.

»Die Karte!«, ruft meine Mutter ihr hinterher.

Oma hält sie hoch und wirft sie in den Recycler neben ihrem Bett.

Ich bin sicher, sie holt die Karte da später wieder raus.

Vor dem Einschlafen erzähle ich Samira die Geschichte. Sie findet es immer traurig, wie das Leben meiner Oma aussieht. Erst als ihr Bruder strahlend durch den Raum stürmt, ändert sich die Stimmung.

»Hilfe! Ich werde gejagt!«, kreischt Oscar.

Sein Vater rennt durch das Bild, dreht sich um und bleibt stehen. »Hallo, Schilo!« Er hält eine elektrische Zahnbürste in die Kamera. »Bist du früher auch vor dem Zahnputzmonster geflohen?«

Bevor ich antworten kann, ruft Samira wütend: »Dad! Das ist *mein* Zimmer.«

»Kein Problem«, sage ich, weil mich das nicht stört.

Ich kann mich nicht an ein Zahnputzmonster erinnern. Auch nicht, ob mich mein Vater jemals durch die Wohnung gejagt hat, einfach nur, um Blödsinn zu machen. Ich mag Samiras Eltern in so Momenten wie jetzt ganz besonders. Ich hätte auch gern so ein Zuhause, also eine Familie, die Zeit miteinander verbringt und Spaß miteinander hat.

Samira und ich schauen noch eine Serie, ihr Gesicht füllt in Nahaufnahme die andere Hälfte der Wand. Wir wollen nur diese Folge sehen, dann haben wir die dritte Staffel geschafft. *Cleanland Guards – Love and War* handelt von den Soldatinnen und Soldaten, die unsere Grenzen bewachen.

In dieser Folge desinfizieren die Soldaten einige Container an der Grenze. Sie prüfen die Lieferungen, bevor sie bei uns verkauft werden dürfen. Und dabei stoßen sie auf Leute aus den Sicklands, die sich hinter Gemüsekisten versteckt haben. Es sind Invasoren, also Leute, die ohne Erlaubnis einreisen wollen.

Oscar darf die Serie nicht schauen, will jedoch trotzdem wegen *Cleanland Guards – Love and War* unbedingt Soldat werden. Er sieht ja überall die Werbung dafür: Helikopter donnern in den Sonnenuntergang, Soldaten zelten im Wald und sitzen am Lagerfeuer. Für Oscar sieht es bestimmt wie das ganz große Abenteuer aus.

Dabei kann ich mir keinen Menschen vorstellen, der in der Armee ein größeres Chaos anrichten würde als Oscar. Also, die Grenzen wären jedenfalls nicht mehr sicher. Und sollte man eine Serie über Oscars Leben als Soldat drehen, dann wäre das nicht *Cleanland Guards – Love and War*, sondern *Fun and Chaos.*

Das Chaos bei uns zu Hause ist hingegen Geschichte. Meine Mutter hat den Vorfall mit Oma sofort gemeldet. Ein Kollege von ihr rief kurz darauf an. Meine Mutter müsse sich keine Sorgen machen, sie könne überhaupt nichts dafür. Das System sei schuld – und natürlich Costa, der mittlerweile das Land tatsächlich verlassen habe. Die Chipkarte von Costa hätte aber nicht mehr funktionieren dürfen.

Die letzte Folge von *Cleanland Guards* endet in dieser Nacht unerwartet: Ausgerechnet Jill und Alice trennen sich. Dabei sind sie seit mindestens zwanzig Folgen unzertrennlich! Erst waren sie nur Kameraden, dann Kontaktpersonen und am Ende sogar ein registriertes Paar. Jetzt hoffen Samira und ich auf eine Versöhnung in der vierten Staffel.

Samira wünscht mir eine »gute Nacht«, im Hintergrund singt Oscar etwas. Der schläft wirklich nie!

Ich drücke einen Nachtheiler aus der Packung, obwohl ich nicht vorhabe, ihn zu nehmen. Die Pillen sind nach Tagen nummeriert, und wenn ich sie drinlassen würde, wüsste meine Mutter, dass ich sie nicht geschluckt habe.

Samira wird stolz auf mich sein.

# 10

Erst überlege ich, noch einen Film zu schauen, um nicht einzuschlafen, aber dann könnte meine Mutter von meiner Wachzeit erfahren. Auch wenn sie nicht mehr alles checkt, die tägliche Zusammenfassung liest sie garantiert. Und dort steht, wann und was ich auf meinem Gerät gesehen, gezockt, gehört oder gelesen habe.

Ich finde ein Buch im Schrank. Es ist ein Roman, den mir mein Opa mal geschenkt hat. Ich konnte damals gar nicht lesen, er starb, bevor ich das gelernt habe.

Ich kann mich noch genau an die Situation erinnern. Wir standen vor dem Bücherregal in seinem Wohnzimmer.

»Willst du eines mitnehmen?«, fragte er, und ich zog ein Buch heraus. Er lächelte, steckte es zurück und reichte mir ein anderes. »Das wird dir irgendwann mehr gefallen.«

Das Cover zeigt einen uralten Bus aus einem anderen Land. Ein Junge sitzt auf dem Dach und schaut in die Ferne. Er sieht ein wenig so aus wie der neue Cleaner, na ja, mit etwas Phantasie. Ein eingerollter Schlafsack liegt neben ihm, als wolle er dort oben übernachten.

Das Buch spielt weit vor der *Großen Pandemie* und dem *Gesunden Wandel*. Ich habe ein paarmal damit begonnen, bin aber nie über die ersten drei Kapitel hinausgekommen. Aber heute muss mich das Buch wach halten, denn ich will nicht schlafen, wenn der neue Cleaner kommt. Sonst hätte ich ja gleich den Nachtheiler schlucken können.

Irgendwo in der Mitte des Buches fallen mir trotzdem die Augen zu. Ich kann nicht mehr und lege es zur Seite. Vermutlich genau auf die herausgedrückte Pille.

Ein summendes Geräusch weckt mich. An einen Traum erinnere ich mich nicht. Der Cleaner schiebt den Desinfikator über den Boden, der Schutzfilm ist noch feucht und funkelt im schwachen Raumlicht.

Er bemerkt offenbar nicht, dass ich wach geworden bin. Ich beobachte ihn, fühle mich aber nicht gut dabei. Ich will ihn doch kennenlernen, und dazu müsste ich mit ihm sprechen. Nur, was soll ich ihn fragen?

Er geht zu meinem Kleiderschrank, zieht einen dünnen Schlauch aus dem Desinfikator und besprüht die Griffe. Die Schranktüren sind nicht automatisiert, so wie in der Küche. Sie stammen aus meinem alten Kinderzimmer. Der Umzug war teuer genug. In der Küche reicht eine Handbewegung, und die Schränke gehen auf und zu, so wie in Cleanland alle Türen funktionieren. Das ist natürlich hygienischer.

Ich tue weiter so, als würde ich schlafen. Er zieht aus einer Plastikpackung ein Einwegtuch. Diese Packungen liegen bei uns in jedem Zimmer. Sie sind weiß und tragen die rote Aufschrift *Antisept – Reinheit ist Gesundheit©*. Auch der frische Schutzfilm auf dem Boden ist von Antisept.

Der Cleaner kommt näher, und ich schließe die Augen. Ich rieche das Desinfektionsmittel. Kurz blinzle ich und sehe ihn direkt vor mir. Irgendwie hab ich die Chance verpasst, ihn anzusprechen.

Jetzt sieht es so aus, als würde ich ihn heimlich beobachten. Was ich ja tue, aber nicht, weil ich ihn kontrollieren will, sondern weil ich einfach wissen will, wie er so ist. Samira hätte ihn längst angesprochen. Und ich? Ich spiele schlafende Schilo. Na toll.

Er wischt den Bettrahmen ab und reinigt die Nachttischlampe. Ich verstehe nicht, wieso. Sie hat doch einen Sensor, und ich berühre sie nie. Er schaut sich in meinem Zimmer um und wischt über seinen Controller am Handgelenk.

Was soll ich sagen? Der erste Satz ist der schwierigste. Und hier jetzt ganz besonders. Denn er desinfiziert, und ich schlafe. Also er macht den Job, den keiner machen will, und ich liege im weichen Bett und erhole mich. Vielleicht frage ich ihn einfach, ob er etwas trinken mag.

Doch jetzt ist sowieso alles zu spät. Der Cleaner steht vor meiner Tür, sie schiebt sich auf, und bevor sie schließt, ist er schon im nächsten Zimmer. Ich starre an die Decke, einschlafen kann ich garantiert nicht mehr – nur mit dem Nachtheiler. Opas Buch liegt noch auf dem Nachttisch, also hebe ich es hoch, um die Pille zu finden. Doch sie ist fort!

# 11

Der Controller piepst einen Alarmton und vibriert. Da hat es jemand eilig. Ohne die Augen zu öffnen, wische ich über die Anzeige und nehme den Kontakt an.

»SCHILO!«

Ich höre die Stimme, bekomme aber die Augen nicht auf. Ich bin viel zu müde. Nichts kann so eilig sein.

»SCHILO!«

Was immer meine Mutter will, es kann warten. Früher hat sie nicht so genervt, da war es entspannter mit ihr. Wenn sie jetzt etwas will, schreit sie gleich.

»SCHILO! Die TÜR. Mach DIE TÜR AUF!!!«

»Geht doch automatisch.«

»Ich meine die WOHNUNGSTÜR!«

Ich wische über den Controller. »Mum. Ich liege im Bett.«

»Im Bett? Es ist Mittag. Du hast Homelearning. Du musst …«

»… die Tür aufmachen. Ich weiß.«

Ich reibe mir die Augen, gähne und gehe in Zeitlupe zur Schleuse. Davor steht ein Mitarbeiter vom Supermarkt mit einem Einkaufswagen. Er trägt einen grauen Vollbart und ist weit über sechzig. Ich hab ihn gar nicht gehört. Wie lange steht er schon da?

»Entschuldigung«, sage ich.

Er grinst nur in die Kamera, natürlich sieht er, wie verpennt ich bin. »Keine Eile. Ich war auch mal jung.«

Er war mal jung, klar, aber was immer er jetzt von mir denkt, ich war nicht in einem Club und hab die Nacht zum Tag gemacht. Leider!

Im Gegenteil: Ich hab die ganze Nacht im Bett gelegen, schlafende Schilo gespielt und mich nicht mal getraut, einen Jungen anzusprechen, der ein paar Jahre älter ist als ich.

Ich öffne dem Mann vom Supermarkt die erste Tür der Schleuse, und er schiebt den Wagen rein. Die kleinen Düsen am Boden sprühen Antisept auf die Räder. Der Scan dauert keine fünf Sekunden. Der Einkaufswagen ist sauber. Ich räume alles in der Küche aus und rolle den Wagen zurück in die Schleuse.

Meine Mutter kontaktiert mich schon wieder. »Schilo-Schatz, hast du die Ware kontrolliert?«

Darauf antworte ich nicht und wische sie weg.

Dem Mann mit dem Vollbart winke ich kurz zu. Eigentlich hätte ich den Inhalt der Boxen überprüfen müssen. Wie lange ist der Joghurt in den Gläsern haltbar? Sind es drei Packungen Obstmix? Ist das Vollkornbrot geschnitten? Nicht zu dick? Sind die Trockenfrüchte ordentlich verpackt? Die letzte Packung hatte einen Riss, so wie mein Protector. Wir mussten ein halbes Kilo wegwerfen.

Aber ich wollte den Mitarbeiter vom Supermarkt nicht länger warten lassen. Außerdem bin ich viel zu müde für diesen Einkaufscheck.

»Hast du verschlafen?« Oma sitzt am Tisch hinter der Hygienescheibe und isst ihr Mittagessen.

»Glaube schon.«

»Hat dein Nachtheiler nicht gewirkt?«

»Leider«, sage ich und hasse mich dafür. Meine Mutter lüge ich manchmal an, da geht es nicht anders. Aber meine Oma nicht. Sie stellt keine Fragen, bei denen man lügen muss. Bis auf diese eben.

»Ich kenne das«, sagt Oma. »Bei mir wirken sie auch nicht so gut.«

Ich hole mir ein Glas Joghurt aus der Einkaufsbox, vermische ihn mit Haferflocken und Nüssen. Dann setze ich mich direkt vor die Scheibe. »Ich hab ein Buch von Opa gelesen.«

Oma öffnet erstaunt den Mund. »Schilo, du weißt noch, wie man ein gedrucktes Buch liest?«

»Klar. Von hinten nach vorn«, sage ich.

Oma lächelt mir zu. »In manchen Ländern machen sie das wirklich. Da blättert man andersherum.«

»Ich weiß.« Ich löffele mein Müsli aus und hole eine Flasche Saft aus dem Kühlschrank. »Vielleicht reise ich mal dorthin.«

Ich suche eine passende Werbung und schicke sie Oma zu. Sie betrachtet ihren Controller und nickt nachdenklich. Es ist eine Anzeige für die *Safebox – reisen Sie gesund*©. Die Box ist vielleicht nicht so bequem und etwas eng, aber dafür sicher.

»Damit kann man durch die Sicklands reisen«, sage ich.

»Bestimmt«, sagt Oma und sieht auf einmal sehr traurig aus.

»Was ist los?«

»Dein Opa und ich sind früher viel verreist.«

Ich kenne die Fotos und Filme von ihren Reisen. Sie laufen ja in Dauerschleife auf ihrer Wand im Raum der Einsicht. Dazu hört Oma manchmal Musik aus den jeweiligen Ländern.

Mir tut es leid, ich hätte nicht mit Opas Buch anfangen sollen. Jetzt denkt Oma wieder an ihn. Sein Tod kam für uns alle überraschend. Gemeinsam hätten sie im Raum der Einsicht sicher eine gute Zeit gehabt.

Oma und Opa könnten zusammen reden, spielen, etwas kochen oder den Hometrainer benutzen. Sie könnten eine Radtour am Fluss entlang machen oder einen kleinen Spaziergang durch den Wald. Nicht in echt natürlich, aber die Animation an der Wand finde selbst ich sehr realistisch, obwohl ich die Wirklichkeit gut kenne. Samira und ich treffen uns ja oft zum Joggen.

Oma absolviert die täglichen Sportübungen allein. Früher rollte meine Mutter ihren Hometrainer vom Schlafzimmer zur Hygienescheibe. Dann joggte sie dort, während meine Oma ihren Spaziergang machte. Doch seit sie im Ministerium arbeitet, kommt sie zu spät und zu müde nach Hause. Angeblich macht sie ihren Sport in der Mittagspause.

Ich verstaue die ganzen Einkäufe in den Regalen. Auch Omas Box ist dabei, die stelle ich in den Kühlschrank. Der Cleaner wird die Lebensmittel heute Nacht speziell für sie reinigen und bei ihr einräumen.

Oma rührt mit einem Löffel in der dampfenden Tasse vor sich. Ich will nicht überprüfen, ob es wieder Kaffee ist. Vielleicht hat sie mehr als nur die eine Packung von Costa bekommen.

»Wie findest du Toko?«, fragt sie.

»Wen?«, frage ich.

Oma schaut nicht von ihrer Tasse auf. »Na, unseren neuen Cleaner.«

»Woher soll ich den kennen? Ich schlafe nachts.«

Oma spielt mein Spiel nicht mit. »Toko hat mir heute Nacht etwas anderes gesagt.«

»Du hast mit ihm gesprochen?«

»Ja, ja. Ich habe auch mit Costa gesprochen. Was soll ich denn machen? Du weißt ja, die Nachtheiler wirken bei mir nicht so gut. Und wenn ich schon mal wach bin, kann ich doch reden.«

»Und der neue Cleaner …«

»Toko!«

»Toko hat dir also gesagt, ich war wach?«

»Ja.«

Na toll, was denkt der jetzt von mir? Ich liege im Bett und schaue zu, wie er desinfiziert. Und dann tue ich auch noch so, als würde ich schlafen.

Ich blicke zu meiner Oma. »Ich wollte den neuen Cleaner, also Toko, kennenlernen. Deswegen hab ich keine Pille genommen.«

Oma lächelt. »Aber so macht man das nicht.«

»Wie macht man es denn?«

Sie geht zu ihrem Bett und kommt mit der Pillenpackung wieder. Sie drückt einen Nachtheiler heraus und wirft ihn in den Recycler.

Ich starre sie an. »Was tust du da?«

»Ich sorge dafür, dass Toko ihn nicht findet.«

»Wieso sollte er das überprüfen?«

»Das gehört zu seiner Kontrollliste.«

»Seiner was?«

»Frag ihn heute Nacht einfach selbst. Er freut sich, mehr über dich zu erfahren.« Oma dreht sich von der Scheibe weg.

»Wie bitte? Was hast du ihm denn schon alles von mir erzählt?«

Ohne zu antworten, deaktiviert sie den Lautsprecher ihres Controllers. Oma ist wirklich unglaublich.

# 12

Samira wartet am Abend unten vor dem Eingang des Hochhauses. Wir wollen joggen, und normalerweise bin ich pünktlich. Normalerweise frühstücke ich auch nicht mittags, und normalerweise schlucke ich den Nachtheiler. Ich bin einfach total durcheinander.

Samira nickt mir zu. »Du siehst gut aus.«

»Kann nicht sein.« Ich wische über meinen Controller und halte ihr meine Werte vor das Gesundvisier.

»Na gut«, sagt Samira grinsend, »die Schlaffrequenz könnte besser sein.«

Wir joggen los, und unterwegs zum Park erzähle ich ihr die Geschichte. Aber irgendwie hört sie gar nicht richtig zu. Mein Controller führt uns zu einer Strecke, auf der nicht so viel los ist. Der Weg liegt am Fluss, der durch den Park führt. Wir buchen diesen Weg nur einmal die Woche, er ist ziemlich teuer. Wir joggen am Wasser entlang, an einer Brücke stehen zwei Polizisten. Sie scannen unsere Controller, und wir dürfen weiter.

Wir könnten auch beim Sport reden, aber wir schweigen uns an. Ich bin zu müde, und bei Samira stimmt etwas nicht.

»Bei dir alles klar?«, frage ich schließlich.

»Superklar«, sagt sie, und das heißt so viel wie: Nichts ist klar.

Wir kommen bei dem Platz mit den Sportgeräten an und legen uns für die Sit-ups nebeneinander auf den weichen Plastikboden. »Stress mit deinen Eltern?«

»Nee.«

Wir laufen wieder los. Nach zehn weiteren Schweigeminuten halte ich an. »Was ist denn los?«

Sie joggt rückwärts und spricht endlich. »Es geht um meinen Bruder.«

Ich hole sie ein. »Ist Oscar verrückter als sonst?«

»So ähnlich. Er hat in der Schulbasis mitten in der Prüfung seinen Protector ausgezogen.«

»Wieso das denn?« Ich kann mir nicht vorstellen, wer das freiwillig macht.

»Wieso? Weil Oscar in dem Anzug Panik schiebt.«

»Seit wann das?«, frage ich.

»Es hat vor ein paar Wochen angefangen. Da war er zu Hause, nicht in der Schulbasis. Wir dachten, klar, der Oscar macht wieder Quatsch.«

»Ist aber kein Quatsch?«, frage ich.

»Nein.«

Bis wir wieder beim Hochhaus sind, hat sie mir alles erzählt. Oscar hat sich im Protector unwohl gefühlt. Er hat ihn in der Wohnung öfter ausgezogen, was die Eltern nicht störte. Doch plötzlich wollte er ihn auch draußen ausziehen. Er schwitzte, er fing an zu schreien, er tobte richtig herum.

»Kann da eine Psychologin helfen?«

»Die kommt morgen.«

»Darf ich Oscar besuchen?«

»Du musst sogar! Er fragt ständig nach dir. Aber erst mittags«, sagt Samira.

»Glaubst du etwa, ich verschlafe wieder?«

»Nein, aber vorher kommt die Psychologin. Und zwei Mitarbeiter vom Ministerium begleiten sie.«

»Das alles wegen Oscar?«

Samira nickt und sagt nicht vorwurfsvoll, sondern einfach nur traurig: »Vielleicht ist deine Mutter morgen dabei?«

Ich will sagen: *Die arbeitet nur am Schreibtisch.* Aber da fällt mir der Satz von Oma ein: *Jeder Krieg hat bisher an einem Schreibtisch begonnen.*

Samira joggt weiter zur U-Bahn. »Bis dann!«

»Bleib gesund«, antworte ich und denke an Oscar.

Wenn ich wissen will, was die Leute vom Ministerium morgen bei Samira machen, muss ich meine Mutter fragen. Sie weiß es ja garantiert.

# 13

Mein Nachtheiler liegt im Recycler. Es ist fast ein Uhr, und meine Mutter ist immer noch nicht da. Vielleicht geht sie mit jemandem aus. Das wünsche ich mir für sie. Die Scheidung liegt ewig zurück.

Die offiziell registrierte Kontaktperson meiner Mutter ist eine Arbeitskollegin, doch ein wenig Abwechslung würde ihr guttun. Sie kann ja nicht nur Leute von der Arbeit um sich haben. Obwohl, Samira ist ja auch Schülerin an meiner Schule.

Einmal habe ich das Logo von *Clean-Partner – wir wissen, was gesund für dich ist©* auf dem Controller meiner Mutter gesehen. Vielleicht war das aber nur Werbung.

Ich setze mich ins Bett und schaue eine alte Folge von *Cleanland Guards* an. Meine Mutter darf heute wissen, dass ich wach bleibe, schließlich warte ich auf sie! Müde bin ich zum Glück nicht, ich hab nach dem Sport drei Stunden geschlafen. Aber wo steckt meine Mutter?

Ich hole das Buch von Opa hervor und lese. Gegen zwei Uhr nachts höre ich die Schleuse. Die Schranktür im Flur zischt auf, und jemand zieht den Desinfikator aus der Halterung. Sein tiefes Summen dringt bis zu meinem Bett. Also ist nicht meine Mutter da, sondern Toko!

Ich bleibe sitzen und will mich nicht mehr schlafend stellen. Erstens hat das gestern schon nicht geklappt. Zweitens bin ich alt genug, um einfach mit ihm zu reden. Das Spiel *schlafende Schilo* wird nicht mehr gespielt!

Toko reinigt zuerst den Flur. Dann geht meine Tür auf, er schiebt den Desinfikator rein und starrt mich an. »Oh! Entschuldige. Dann mache ich erst die anderen Räume.«

»Warte.«

Toko bleibt stehen. Er hat wieder sein schüchternes Lächeln, und das sieht total gut aus. Ich hingegen schaue viel zu angespannt, das weiß ich auch ohne Spiegel. Ich bin aufgeregt, und das kann ich nicht weglächeln. Doch wegreden kann ich es vielleicht. »Du musst dich nicht bei mir entschuldigen. Ich wollte mich bei dir entschuldigen.«

Toko schaltet den Desinfikator in den Ruhemodus und tritt einen Schritt zu mir. Wenn jetzt meine Mutter nach Hause kommt, habe ich ein Problem. Toko hält natürlich den richtigen Abstand ein, aber was würde Mum wohl dazu sagen, dass ich mit dem neuen Cleaner rede, statt zu schlafen? Sie glaubt mir doch dann niemals, dass ich ihretwegen wach geblieben bin. Na ja, natürlich wollte ich auch Toko endlich mal ansprechen.

Die Tür gleitet hinter ihm zu, und so fühlt es sich besser an. Wenn meine Mutter jetzt kommt, sieht sie uns nicht.

»Du willst dich entschuldigen? Für was?«, fragt Toko.

»Ich hab dich vorgestern erschreckt.«

»Vorgestern? Klingt nach einem Jahr. Keine Ahnung, was du meinst.«

»Mein Schrei. Ich bin nachts aufgewacht und …«

Toko winkt ab und grinst. Sein schüchternes Lächeln ist weg, er kommt mit der Situation hier gut klar. Im Gegensatz zu mir, ich bin noch viel zu aufgeregt. Gut, dass er erst mal weitermacht. »Kein Problem. Manche Leute sprechen sogar im Schlaf. *Das* nervt vielleicht.«

Ich stehe auf, es fühlt sich komisch an, wenn ich bequem im Bett sitze und er mit dem Desinfikator dasteht, um zu arbeiten. Und mein Schlaf-Protector zeigt ja auch keine nackte Haut.

»Kanntest du Costa?«, frage ich.

»Wer soll das sein?«

»Egal.«

»Okay.«

»Kommst du aus den Sicklands?«

»Nein.«

»Und hast du …«

»Wolltest du dich jetzt bei mir entschuldigen oder ein Verhör starten? Ich hab hier nämlich noch was zu tun.«

Ich setze mich wieder aufs Bett, denn er hat natürlich recht. Es ist seine Arbeitszeit, und die darf er sicher nicht verquatschen.

Toko lächelt schon wieder. »Kein Problem. Ich bin Cleaner. Du kennst niemanden wie mich, und du bist eben neugierig. Noch Fragen?«

»Besuchst du eine Schulbasis oder so?« Kaum hab ich die Frage ausgesprochen, finde ich sie dumm. Er ist ja nicht Cleaner, weil es sein Traumjob ist. Das kann keinem Spaß machen. Er macht es, weil er das Geld braucht, weil seine Eltern keine Schulbasis für ihn bezahlen können. Oder denke ich im ernst, er ist nachts Cleaner und tagsüber Schüler?

Toko nickt. »Ich mache bald meinen Abschluss. Hab die letzten Prüfungen.«

Das überrascht mich, und es dauert ein paar Sekunden, bis ich darauf reagiere. »Ich auch.«

»Wenn die Noten stimmen, bekomme ich vielleicht eine Stelle in der Verwaltung von Antisept.«

Ich nicke und versuche ein Lächeln, denn eigentlich tut mir das total leid. Als Cleaner kann er nicht mehr erwarten, an die gut bezahlten Jobs kommt er nicht. Er wird immer im Reinigungssektor arbeiten müssen. Und Antisept ist da der beste Arbeitgeber.

Obwohl mir viel durch den Kopf geht, bekomme ich keinen Gedanken in Worte gefasst. Ich darf nachts schlafen und mich erholen. Er muss seinen Schlaf anders finden, und das ist nicht gesund. Deswegen ist ja der Nachtheiler so wichtig für mich – außer heute. Für ihn ist der Nachtschlaf sicher Luxus. Wie bleibt er dann gesund?

»Und wann schläfst du?«

»Zwischendurch«, sagt Toko. Er schaut auf seinen Controller, klar, ich halte ihn von der Arbeit ab. Er wischt über die Anzeige. »Wieso nimmst du deine Pille nicht?«

»Ist das jetzt ein Verhör?«

Ich grinse, er grinst zurück und schüttelt den Kopf. »Ich fülle nur die Checkliste aus. Den Rest übernehmen andere.«

*Andere?* Wer sind die anderen? Wer sichtet diese Checklisten? Eine Frage, die ich auch meiner Mutter stellen könnte. Dazu müsste sie aber erst einmal zu einer Zeit nach Hause kommen, in der man noch miteinander reden kann. Wo steckt sie so spät? So langsam mache ich mir Sorgen.

»Du meldest, wenn ich keine Pille nehme?«

»Muss ich.«

»Wegen deiner Statuspunkte?«, frage ich. Ich habe mal davon gehört: Je mehr Statuspunkte ein Cleaner hat, desto mehr Ferientage bekommt er. Auch Geldprämien gibt es. Die Idee dahinter: Die Cleaner sind motivierter, ihre Arbeit ordentlich zu machen. Bisher dachte ich allerdings, es ginge dabei darum, wie *wir* die Cleaner bewerten. Ich wusste nicht, dass sie auch *uns* bewerten.

»Also, heute gibt es leider keine Extrapunkte für dich.« Ich halte ihm meine Pillenpackung entgegen, der Nachtheiler von heute fehlt. »Er wirkt leider nicht immer so gut bei mir.«

»Aha.« Toko zeigt auf meinen Recycler. »Den muss ich sowieso gleich leeren. Soll ich den Inhalt mal genauer anschauen?«

Ich will mich nicht weiter verstellen vor Toko. »Woher weißt du das mit dem Recycler?«

»Ich reinige auch euren Raum der Einsicht. Und dort lebt eine sehr sympathische alte Dame.«

»Und was hat dir meine Oma sonst noch so gesagt?«

Wir schauen uns ein paar Sekunden einfach nur an. Sein Controller leuchtet orange, er lässt den Desinfikator lossummen und schiebt ihn Richtung Tür. »Ich muss mich mit den restlichen Räumen beeilen, bin superspät dran. Achte die GaR!«

»Warte!«

Doch meine Tür ist schon wieder zu. Ich bin ihm nicht böse wegen der Checkliste, ich würde das an seiner Stelle genauso tun. Er achtet die GaR, und er verdient damit sein Geld, um die Schulbasis zu bezahlen. Er ist älter als ich, er braucht länger für den Abschluss, weil er diese Arbeit nachts machen muss.

Toko kommt bestimmt gleich zurück. Mein Zimmer ist noch nicht fertig desinfiziert. Aber ich will ihn in Ruhe lassen, ihn nicht noch mehr in Schwierigkeiten bringen. Er soll fertig werden, und er muss sich beeilen. Ich nehme mir die Pille der folgenden Nacht aus der Packung und schlucke sie ohne Wasser runter.

# 14

Als mein Wecker klingelt, ist mein Zimmer desinfiziert. Die Anzeige an meinem Controller zeigt 98 *Prozent Reinheit* an. Der Raum riecht sauber, nach Antisept. 100 Prozent gibt es auch, aber das ist richtig teuer. Und das können nur *Premium-Cleaner – für absolute Reinlichkeit©*. Meine Mutter will erst die neue Küche abzahlen.

Von mir aus kann sie sich damit Zeit lassen. Toko ist kein Premium-Cleaner, und ich würde ihn gern weiterhin sehen. Ich mag ihn. Wieso? Vielleicht weil er wirklich etwas zu erzählen hat. Er lebt in einer Welt, die ich nicht kenne. Er kämpft sich durch und sieht natürlich: Ich habe es viel leichter als er. Trotzdem wirkt er so selbstbewusst. Und ja, er sieht interessant aus.

Ich drehe mich noch einmal im Bett um, dann stehe ich endlich auf. Vielleicht legt sich Toko jetzt erst hin? Wie lange fährt er von hier bis zu seiner Wohnung? Lebt er da allein, bei einem Elternteil oder bei beiden, hat er Geschwister? Ich weiß nichts über ihn.

Eins ist mir klar: Begegnen kann ich ihm nur nachts in unserer Wohnung. Und Menschen außer Samira darf ich sowieso nur treffen, wenn ich sie registrieren will bei *Social Health – zu viel macht krank©*. Nach den Probestunden müsste ich mich entscheiden: Samira oder der neue Kontakt. Und ein Cleaner darf das nicht sein.

Ich gehe ins Bad, werfe meinen Schlaf-Protector in die Waschmaschine und stelle mich unter die Dusche. Als ich mir einen frischen Protector anziehe, höre ich die Schleuse. Kommt meine Mutter jetzt erst zurück? Zum Frühstück? Hat sie die Nacht durchgearbeitet?

Ich wickle mir ein Badetuch um und laufe in den Flur. Ich sehe Mum hinter der Glastür. Sie kommt nicht, sie geht wieder! Sie hat nur ein paar Stunden geschlafen. Ich klopfe an die Scheibe und winke sie zu mir. Sie schüttelt den Kopf und kontaktiert mich über den Controller. »Schilo-Schatz, ich muss los.«

»Hast du gefrühstückt, Mum?«

Komisch, denke ich. In den Serien stellen immer die Mütter ihren Töchtern diese Frage. Nicht andersrum.

»Mache ich unterwegs.« Sie holt ihre Schuhe aus der Reinigungsbox.

»Ich muss dich noch was fragen.«

»Ich muss jetzt wirklich …«

»Was macht das Ministerium, wenn ein Kind keinen Protector anziehen will?«

Meine Mutter besprayt ihr Gesundvisier mit Antisept. »Da gibt es verschiedene Wege.«

»Zum Beispiel?«, frage ich.

Sie geht durch die zweite Schleusentür. Ich sehe sie durch die Scheibe zum Lift laufen.

»Zum Beispiel der medikamentöse Weg.«

Sie macht eine Pause. Ist sie im Lift oder sogar schon unten? Ich schaue durch das Fenster in meinem Zimmer und sehe sie vor der Rolltreppe, die zur U-Bahn führt. Sie bleibt stehen, dreht sich zu mir hoch und winkt. Ich winke zurück und weiß nicht einmal, ob sie mich durch das Fenster wirklich sieht.

Ihre Lippen kann ich aus der Ferne nicht erkennen, aber ich höre meine Mutter durch den Controller, als würde sie neben mir stehen. »Sag Oscar, er soll die Pillen nehmen.«

Sie weiß, von wem ich die ganze Zeit spreche? Ist sein Fall im Ministerium bis zu ihr vorgedrungen? Das kann ich sie später noch fragen.

»Helfen die Pillen wirklich?«

»Schilo-Schatz. Das ist so wie mit den Nachtheilern. Wenn man sie schluckt, dann wirken sie.«

# 15

Ich löffele mein Müsli mit Joghurt aus, Oma trinkt Kräutertee. An ihrer Wand lächeln mir zwei ihrer Freundinnen entgegen. Sie leben wie meine Oma in ihren Saferooms und schlürfen etwas aus viel zu großen Bechern.

»Wieso ist deine Enkelin so schweigsam?«, fragt eine von ihnen. Sie nickt dabei in meine Richtung.

»Sie ist verliebt«, sagt Oma.

Eine der Frauen an der Wand kichert und hält sich den Becher vor den Mund. Ich bin hier das lustige Frühstücksprogramm für sie.

»Oma, wir müssen kurz mal reden.«

Sie schaut mich ernst an. Sie hört an meinem Ton, wie wichtig es mir ist.

»Jetzt gibt es Ärger«, sagt eine an der Wand. »Hat sie dein Kaffee-Versteck entdeckt?«

»Bis gleich, Mädels«, sagt Oma, beendet den Kontakt, und die Wand zeigt wieder Urlaubsfotos. »Was ist denn los?«

»Oma, Toko weiß, dass du keine Nachtheiler nimmst.«

»Wirklich?« Es klingt gespielt, offenbar ist ihr das sowieso egal.

»Toko ist nicht wie Costa. Er muss seinen Abschluss

machen. Er braucht seine Statuspunkte, und er wird nicht für dich lügen. Er hat Schulprüfungen wie ich!«

»Dafür, dass du nachts schlafen solltest, weißt du ziemlich viel.«

»Oma!«

Sie strahlt. »Du bist wirklich verliebt.«

»Wieso soll ich verliebt sein?«

»Also, Liebes, immerhin scheinst du mit Toko gesprochen zu haben.«

Ich räume das Geschirr in die Spülmaschine. Vielleicht bin ich ein wenig rot geworden am Tisch eben. Ob ich verliebt bin? Ich kenne Toko überhaupt nicht. Trotzdem mag ich ihn, das schon.

Als ich mittags auf die U-Bahn warte, denke ich schon wieder an Toko. Was hält er eigentlich von mir? Nerve ich ihn, oder will er mich auch kennenlernen? Das kann ich nur nachts herausfinden, wenn ich ihn sehe. Ich darf ja nicht einfach nach seinem Profil suchen und ihn kontaktieren. Er bekäme da sicher Ärger. Und ich genauso.

Die U-Bahn fährt ein, leider sind die Kabinen mit Sitzplatz ausgebucht. Mein Controller zeigt freie Stehplatzabteile ganz vorne, und ich muss rennen, um sie noch zu erreichen. Durch das Glas sehe ich die anderen Menschen in den Kabinen neben, vor und hinter mir.

Zwei Griffe klappen aus der Seite. Sie glitzern feucht vom Antisept. Ich umschließe sie und kann meine vom Protector geschützten Finger zusätzlich desinfizieren.

Die U-Bahn beschleunigt und hält kurz darauf wieder. Elf Stationen später leuchtet mein Abteil rot, ich muss es verlassen, ein anderer hat ab hier gebucht. Ich steige aus, hinter mir dampft Antisept in mein Abteil.

Ab hier muss ich laufen, auf das nächste freie Abteil bis zu Samiras Hochhaus hätte ich eine halbe Stunde warten müssen. Ich gehe schnell, doch manchmal muss ich stehen bleiben, wenn der Controller einen weiteren Fußgänger meldet.

In diesem Stadtteil sind die Wege zu schmal. Er wurde vor der *Großen Pandemie* gebaut. Erst nach dem *Gesunden Wandel* wurden die Wege für Fußgänger breiter.

Und schon fordert mich mein Controller auf, stehen zu bleiben. Ich warte und drehe mich mit dem Bauch zur Häuserwand. Ich höre Kinder hinter meinem Rücken lachen, und eine Erzieherin ruft ihnen zu: »Abstand! Kinder! Abstand!«

Die Gruppe ist an mir vorbei. *Sie können weiter*, meldet mein Controller. Fünf Minuten später stehe ich vor Samiras Hochhaus, die Drehtür am Eingang erkennt mich und lässt mich durch. Oben wartet Samira auf mich vor der Schleuse der Wohnung. »Danke!«

»Ich hab gar nichts gemacht.«

»Stimmt nicht«, sagt sie. »Du bist hier.«

Erst aus der Nähe sehe ich ihr verheultes Gesicht. »Was ist los?«

»Die Mitarbeiter vom Ministerium haben … sie haben …« Samira fängt an zu weinen und kommt mit dem Satz zu keinem Ende. Wir stehen vor der Schleuse und dürfen uns noch nicht umarmen. Mit Gesundvisier ist uns das als registrierte Freundinnen erlaubt, aber vorher muss uns der Home-Controller der Wohnung checken.

»Lass uns erst mal rein«, sage ich so ruhig wie möglich, obwohl es sich schrecklich anfühlt, Samira so verzweifelt zu sehen.

Die Schleuse scannt erst Samira, danach trete ich ein. Im Flur fallen wir uns endlich in die Arme.

»Und wo ist Oscar?«

Samira nimmt mich an die Hand. Ich fühle durch die Schutzhaut des Protectors ihre Wärme. Die Tür zu ihrem Zimmer ist offen, weder dort noch in den anderen Räumen ist ihr kleiner Bruder. Sie zieht mich weiter durch den Flur, und wir kommen an den Arbeitsboxen ihrer Eltern vorbei. Beide sind in Gespräche vertieft, winken mir durch die Fenster zu.

Wir erreichen die Küche, die etwas kleiner ist als unsere. Auch hier ist Oscar nicht.

»Sie haben Oscar mitgenommen?«

Samira schüttelt den Kopf und zeigt zur Hygienescheibe. Ihr Bruder liegt im Raum der Einsicht auf einer Matratze, das Zimmer hat keine Möbel wie bei uns. Neben der Mikrowelle in der Kochnische steht eine Kiste mit Produkten von *Gesund-und-Fertig*©.

In einer Ecke sehe ich ein kleines Bad mit dem Antisept-Spender vor der Tür. Es ist die billige Grundversion eines Saferooms. Bisher hat das Samiras Eltern vollkommen gereicht, denn kein Mensch lebte dort.

»Wie lange ist er schon dadrinnen?«

»Seit einer Stunde.«

»Und wie lange muss er drinbleiben?«

»Mindestens drei Tage.«

»Mindestens?«, frage ich.

»Wenn er alles richtig macht.«

»Wie kontrollieren die das?«

Samira zeigt in eine der Ecken des Saferooms. »Mit der Kamera dort. Und natürlich so, wie du auch kontrolliert wirst.«

Ich verstehe sie nicht und ziehe die Schultern hoch.

Samira tippt auf meinen Controller am Handgelenk. Ich schüttele nur den Kopf und denke, klar, sie und ihre Kritik am System. Von wegen, wir werden alle überwacht. Aber selbst wenn: Ich betrüge nicht bei den Schulprüfungen, ich hab nichts geklaut, ich bin nicht kriminell. Sollen die mich doch überwachen, ich habe nichts zu verbergen! Na ja, außer der Sache mit der kaputten Parkbank vielleicht. Aber das stört keinen. Die Sache mit Toko vielleicht schon eher. Und das mit den Nachtheilern … Hier wird es problematisch, denn wenn ich nachlässig bin, kann ich krank werden, und das betrifft dann jeden.

Oscar entdeckt mich, springt auf und aktiviert seinen Controller. »Hallo, Schilo! Kommst du etwa meinetwegen?«

»Nur deinetwegen. Ja.«

»Der Protector ist schuld.«

»Du magst den nicht mehr. Ich weiß.«

Oscar schaut mich mit großen Augen an.

»Der Protector muss sein.«

Oscar nickt. »Ab jetzt achte ich die GaR!«

Für eine Sekunde glaube ich ihm, doch er kommt näher an die Scheibe und drückt seine Nase dagegen. Er verdreht die Augen und rutscht langsam auf den Boden. Die Hygienescheibe ist verschmiert.

Samira lässt den Kopf hängen. »Der kommt hier nie wieder raus.«

An den Wänden im Raum der Einsicht steht jetzt in großen Buchstaben das erste Gesetz der GaR: *Reinheit bietet Schutz.* Auf Oscars Controller blinkt etwas. Ich kann es nicht lesen.

Er richtet sich wieder auf, schaut auf den Controller und schüttelt den Kopf.

»Was steht da?«, frage ich.

Er antwortet nicht, sondern kuschelt sich in den Schlafsack.

Samira hat die Nachricht auch erhalten. *Scheibe SOFORT desinfizieren.*

»Oscar!«, ruft Samira. »Bitte!«

Er hält sich die Ohren zu.

»Oscar!«, versuche ich es.

Er löst die Hände von den Ohren.

»Komm schon. Wir finden einen Weg, und vielleicht kommst du früher raus!«

Er deaktiviert die Lautsprecher seines Controllers. Samira und ich stehen sprachlos nebeneinander. Wir schauen beide Oscar an. Was ist am Protector so schlimm? Ich verstehe ihn nicht. Vielleicht kann er wirklich nichts dafür und bekommt einfach Panik.

Die Scheibe hätte Oscar trotzdem reinigen müssen. So bleibt die Arbeit am Cleaner hängen, denn nur er hat ja nachts Zutritt zum Raum der Einsicht. Und die Cleaner haben genug zu tun. Darüber habe ich noch nie nachgedacht, erst jetzt, seit ich Toko kenne. Selbst wenn er nicht für Samiras Wohnung zuständig ist.

Ich schaue zu ihr. »Es soll da so ein Medikament geben.«

»Hat dir das deine Mutter gesagt?«

Ich antworte leise, es ist mir peinlich. »Ja.«

»Das haben die vom Ministerium vorhin mitgebracht.« Samira zeigt auf eine Packung auf dem Küchentisch.

»Und?«

»Oscar hat das Zeug vor ihren Augen auf den Boden gespuckt.« Sie zeigt zum Raum der Einsicht. »Seitdem ist er da drin.«

Eine neue Nachricht erscheint auf dem Controller von Samira, sie ist von *Sachbearbeiter R-21*. Meine Mum hat im Ministerium auch so eine Nummer. Ich atme erst einmal auf, denn R-21 ist nicht ihre.

Samira liest die Nachricht von R-21 und holt tief Luft. Ich drehe ihre Hand zu mir, so dass ich den Text auf ihrem Controller erkennen kann. *Die Zeit der Einsicht im Saferoom verlängert sich nach Prüfung des Vorfalles auf eine Woche.* Und dann steht da noch: *Bleiben Sie gesund!*

# 16

Ich stehe am Fenster in meinem Zimmer und schaue auf die wenigen Lichter unten. Den ganzen Tag habe ich an Oscar gedacht. Na ja, manchmal auch an Toko.

Inzwischen beträgt Oscars Zeit zwei Wochen. Er hat sich geweigert, die täglichen Sportübungen zu machen. Dabei sind sie im Raum der Einsicht besonders wichtig. Er bewegt sich ja kaum, wenn er dort drinnen lebt.

Abendessen wollte Oscar nicht, dabei enthält eine Portion *Gesund-und-Fertig*© alle wichtigen Nährstoffe.

Natürlich verstößt er gegen die GaR, aber die Strafen finde ich übertrieben. Man darf ein Kind nicht tagelang wegsperren. Mir tut es weh, wenn ich mir Oscar im Raum der Einsicht vorstelle.

Lichter sind kaum noch zu sehen auf der Straße. Es ist die Zeit der Cleaner. Und es ist die Zeit für *Clean Rain – den Regen der Reinheit*©. Bisher habe ich den Drohnen nie bei ihrer Arbeit zugeschaut – dafür sorgte der Nachtheiler.

Die ersten Fluggeräte erscheinen am Horizont, kurz darauf sind sie überall und sprühen Antisept über die Straßen und Parks. Eine Drohne landet auf einem Hochhaus gegenüber, sie tankt dort Antisept auf, vermute ich. Keine Minute später schwirrt sie davon und entlädt das Mittel über dem Fußgängerweg.

Die Straßen sind jetzt menschenleer, nur ein Roller wartet an der Kreuzung auf grünes Licht. Wer so spät von der Arbeit kommt, der steht im Nieselregen von Antisept, aber das schadet keinem, außer den Erregern und den Mücken. Immer wieder kommen Schwärme von Stechmücken aus den Sicklands. Sie können gefährliche Krankheiten übertragen, doch der *Regen der Reinheit*© schützt uns.

Müde bin ich nicht, ich habe heute gleich nach dem Abendessen geschlafen. Den Nachtheiler habe ich die Toilette runtergespült. Wer weiß, ob Toko tatsächlich den Inhalt des Recyclers kontrollieren muss.

Ein Bus fährt über die Kreuzung und biegt in die Straße zu unserem Hochhaus ab. Er hält direkt vor dem Eingang. Zuerst steigt nur ein einziger Mensch aus, von hier oben ist er winzig. Er schnallt sich etwas auf den Rücken und hält einen langen Schlauch in der Hand.

Weitere Menschen steigen einzeln aus dem Bus, es sind vielleicht zwanzig. Jeder bleibt kurz vor dem Schlauch stehen, streckt die Arme aus und dreht sich einmal im Kreis. Einer von ihnen muss Toko sein. Auch sein Protector wird offenbar desinfiziert, bevor er seine Arbeit beginnen darf.

Als Toko drei Minuten später den Desinfikator in mein Zimmer rollt, stehe ich noch am Fenster. Und ich habe einen Plan.

Er sieht mich und schaltet den Desinfikator in den Ruhemodus. »Wieder keinen Nachtheiler genommen?«

»Willst du es gleich melden, oder hat es Zeit?«

»Hab es letztes Mal auch nicht gemeldet.«

Wir lächeln uns an. Er nickt zum Desinfikator vor ihm. »Ich würde gern mit dir reden, aber der Zeitplan ist wirklich eng bei der Reinigung.«

»Ich weiß. Deswegen helfe ich dir jetzt.«

»Du willst mir helfen?« Toko klingt echt erstaunt.

»Ja. Damit du schneller fertig bist.«

Toko schaut auf seinen Controller, dann wieder zu mir. Auf seiner Checkliste steht bestimmt nicht: *Hilfe beim Desinfizieren erhalten? Ja / Nein.*

Ich gehe auf ihn zu, und er macht einen Schritt zurück. »Aber wir müssen uns schon an ein paar Gesetze halten.«

Natürlich muss er zurücktreten! Abstand führt zu Sicherheit. Mein Gesundvisier hängt ja in der Schleuse.

»Entschuldige bitte«, sage ich und hole meinen Schutz. »Wo fangen wir an?«

Toko schüttelt den Kopf, er muss aber auch lachen, und das ist ein gutes Zeichen. Er wischt über das Display des Desinfikators und erklärt mir die Funktionen. Allein kann ich ihn nicht aktivieren, sonst hätte ich ohne ihn angefangen.

In meinem Zimmer rolle ich das Gerät zu schnell über den Boden. Der Antisept-Film ist laut der Anzeige viel zu dünn. Ich muss noch einmal drüber.

»Pass auf, der läuft ziemlich schnell heiß«, sagt Toko. »Und dann kannst du nicht mal mehr die Griffe anfassen.«

Ich spüre die Hitze, die von dem Gerät aufsteigt, und

mache weiter. Toko desinfiziert in der Zeit alles, was er von Hand mit den Antisept-Tüchern reinigen muss. Das Schlafzimmer meiner Mutter macht Toko allein. Selbst wenn meine Mutter niemals auf ihre Nachtheiler verzichten würde, will ich da jetzt nicht rein. Was, wenn sie wie ich aus einem Traum aufschreckt?

Im Flur, im Bad und in der Küche übernehme ich den Desinfikator wieder. Das Display leuchtet grün, ich habe alles richtig gemacht. Es ist gar nicht so schwer, wenn man etwas Übung hat. Ich lehne das Gerät an den Küchentisch und hole zwei Saftflaschen aus dem Kühlschrank.

Da klopft es, und ich zucke zusammen. Meine Oma steht an der Hygienescheibe. Der Raum der Einsicht ist dunkel, ich dachte, sie schläft. Was denkt sie jetzt wohl von mir? Ich meine, es ist mitten in der Nacht, und ich schiebe den Desinfikator auf und ab. Ich mache Tokos Arbeit!

Ich will Oma etwas sagen, doch sie nimmt meinen Controller-Kontakt nicht an. Dabei will ich ihr nur einen einzigen Satz mitteilen: *Nein, ich bin NICHT verliebt.*

Ich sehe durch die Scheibe, wie ihr Controller blinkt. Sie lächelt nur und reagiert nicht darauf. Also gebe ich es auf und beende den Kontaktversuch.

Toko ist fertig, und wir stehen uns in meinem Zimmer gegenüber. Er schaut auf seinen Controller. »Wir haben vier Minuten.«

Ich überreiche ihm eine Saftflasche. »Morgen werden es mehr sein. Jetzt bin ich geübt.«

Toko wischt mit einem Antisept-Tuch über das Gehäuse des Desinfikators. »Warum machst du das?«

»Weil ich mit dir reden will.«

»Schon klar. Aber wieso?«

Weil ich auf dem besten Weg bin, mich in dich zu verlieben, ein klein wenig zumindest. Das wäre mal ein Satz gewesen. Ich bekomme ihn natürlich nicht raus. Und mir fallen hundert andere Dinge ein, über die ich stundenlang nachgedacht habe.

Hier ist die vollständige Warum-mache-ich-das-Liste: Weil du ein Cleaner bist und ich mehr wissen will. Zum Beispiel, wo lebst du? Wie lebst du? Welche Schulbasis besuchst du, und was willst du danach werden? Du musst ja nicht immer Cleaner sein, oder? Ich bewundere dich, wie du beides schaffst: Arbeit und Homelearning. Und was denkst du über mich? Bin ich die verwöhnte Schülerin, die nicht arbeiten muss, die jeden Tag Zeit zum Lernen hat?

Das alles denke ich, ohne es zu sagen. Ich weiß einfach nicht, wo ich anfangen soll. Entweder klingt es zu naiv oder zu sehr wie ein Verhör, zumindest hat er mir das beim ersten Gespräch vorgeworfen. Aber ich interessiere mich echt für ihn!

Weil ich nachdenke und schweige, tippt Toko auf seinen Controller. »Jetzt haben wir nur noch zwei Minuten.«

Wir müssen beide lachen.

Er räumt den Desinfikator in den Flurschrank. »Schilo, ich würde dich auch gern kennenlernen.«

So einfach geht das, denke ich. Ein Satz genügt. Wieso hab ich den nicht gesagt?

Toko reicht mir die ausgetrunkene Flasche. »Aber das geht hier nicht. Hier lernst du nur den Cleaner kennen. Und eigentlich bin ich mehr.«

Sein Controller leuchtet, er muss zur nächsten Wohnung. Er dreht sich von mir weg und will zur Schleuse. Ich rufe ihm viel zu laut hinterher: »Und wenn nicht hier, wo geht das dann?«

Die Schleusentür öffnet sich, und er stellt seine Arbeitsschuhe in die Reinigungsbox. Bevor die Tür zugeht, schiebe ich meinen Arm dazwischen, und sie öffnet sich erneut. Ich stehe zu nah bei Toko, das weiß ich, und unsere Controller zeigen die gleiche Nachricht an: *Bitte nur einzeln in die Schleuse treten. Achtet die GaR!*

Toko schaut mich verwundert an. Damit hat er offensichtlich nicht gerechnet, dass ich ihm hierher folge. »Toko, ich will dich auch kennenlernen, egal wo.«

Der Home-Controller schaltet auf Sprachmodus. »Achtet die GaR!«

Toko starrt mich an und überlegt. Es piepst ziemlich laut, und er vergisst, die gereinigten Schuhe aus der Box zu ziehen. Das Piepsen wird noch schriller, und der Home-Controller passt sich der Lautstärke an, es dröhnt aus den Boxen: »ACHTET DIE GAR!«

Ich will nicht, dass Toko Ärger bekommt, und trete aus der Schleuse.

# 17

Es ist noch nicht einmal richtig hell, als ich Samiras Gesicht auf meinem Controller sehe. Mein Kopf tut weh, ich habe viel zu wenig geschlafen. Die paar Stunden reichen nicht aus, um gesund zu bleiben.

Ich schaffe es nicht aufzustehen und nehme Samiras Kontaktversuch im Bett liegend an. »Morgen! Lernst du etwa schon?«

»Oscar will nichts essen.«

Ich gähne und ziehe mir die Decke bis zum Kinn. »Ich könnte so früh auch nichts runterbekommen.«

Kaum habe ich es gesagt, tut es mir furchtbar leid. Oscar geht es nicht gut, das habe ich selbst gesehen.

»Wieso so früh?«, fragt Samira.

Ich springe aus dem Bett und blicke aus dem Fenster. Dichte Wolken verdecken die Sonne. Es ist gar nicht früh! Und dann schaue ich genauer auf den Controller. Es ist auch nicht Morgen, es ist fast Mittag.

Ich bin entsetzt. »Oscar hat seit gestern nichts gegessen?«

»Er will erst wieder etwas essen, wenn er aus dem Saferoom rauskommt.«

Samira klingt schrecklich, sie hat ganz sicher wieder geweint. Sie schickt mir einen Film zu, und ich sehe Oscar vor mir, wie er alle Packungen von *Gesund-und-Fertig*©

auf dem Boden ausschüttet. Der dreht total durch im Raum der Einsicht!

Ich habe jetzt einen Kloß im Hals. »Trinkt er wenigstens etwas?«

»Nein.«

Samira schluchzt, und ich kann sie kaum verstehen. »Jetzt muss er vier Monate in dem Raum bleiben.«

Vier Monate? Wenn er nichts trinkt und isst, überlebt er keine vier Tage.

Ich springe aus dem Bett. »Ich komme sofort!«

»Nein. Bitte nicht«, sagt Samira, und dann erklärt sie mir alles. Ich soll Oscar nicht besuchen, denn ihr Bruder würde dann nur noch mehr toben. Er will ja offenbar gesehen werden bei seinem Protest, und ein Protest ohne Zuschauer ist sinnlos. So weit Samiras Theorie, und wahrscheinlich hat sie recht.

Aber Oscar ist ein kleiner Dickschädel. Wird er weiterhungern? Vermutlich ja. Wird er verhungern? Ich weiß es nicht. Ich weiß es wirklich nicht. Und das macht mir Angst.

Ich bin total durcheinander. Samira braucht Ablenkung, und da es nichts gibt, was mit ihrem Leben gerade weniger zu tun hat als Mathe, lernen wir am Nachmittag zusammen. Wir lösen ewig lange Formeln und fragen uns ab.

Jedes Mal wenn ich eine Pause vorschlage, antwortet sie mit ihrem Lieblingssatz: »Meine Mutter arbeitet in keinem Ministerium. Ich brauche gute Noten!«

Ich sehe sie auf der linken Wandhälfte, auf der

rechten erscheinen die Aufgaben, über meinen Controller bearbeite ich die Lösungen. Auf die Spielphase verzichten wir, keiner hat Lust zum Punktesammeln. Zwischendurch verlässt Samira ihr Zimmer, geht in die Küche und kommt wieder. »Er trinkt immer noch nichts«, sagt sie nur und rechnet weiter.

Joggen will Samira am Abend nicht. Also lasse ich es auch und schlafe für ein paar Stunden. Doch bleibt meine Tür weit auf. Hoffentlich kommt meine Mutter nicht wieder so spät, ich habe ein paar wichtige Fragen an sie. Und irgendwann möchte ich die auch mal loswerden.

Als die Schleuse aufzischt, ist es Nacht. Ich laufe in den Flur, und meine Mutter zuckt zusammen. »Hast du mich erschreckt! Was ist denn los?«

»Ich muss mit dir reden.«

»Schilo-Schatz. Ich bin ziemlich erschöpft und ...«

»Es ist wichtig!«

Sie geht in die Küche, und ich folge ihr. Durch die Hygienescheibe sehe ich meine Oma auf ihrem Sessel sitzen. An der Wand spricht eine ihrer Freundinnen, sie ist auch über achtzig Jahre und wohnt im Nachbarviertel. Alle paar Tage unterhalten sie sich, aber dass sie so spät miteinander reden, wusste ich nicht.

Oma sieht uns durch die Scheibe und will das Gespräch beenden. Das hätte sie nicht machen müssen, ich wäre sogar froh gewesen, mit meiner Mutter kurz allein zu sein. Die alte Frau an der Wand winkt uns zu, wir winken zurück. Ihr Gesicht löst sich auf, und wir sehen wieder die Standardwand. Urlaubsfotos von früher lösen sich im Minutentakt ab.

Opa reitet auf einem Esel und strahlt. Opa und Oma beim Wandern in den Bergen. Beide zusammen am Strand auf einer Decke sitzend. Auf einem Foto prosten sie sich zu, sie sitzen in einem überfüllten Restaurant.

Es sind Aufnahmen aus der Zeit vor der *Großen Pandemie*. Die dunkelrote Flasche auf dem Tisch im Restaurant ist verpixelt, es kann also nur Alkohol gewesen sein. Seit dem *Gesunden Wandel* werden Fotos bearbeitet, die Ungesundes zeigen. Meistens handelt es sich dabei um Alkohol, Zigaretten oder Zucker.

Oma nimmt sich eine Tasse und setzt sich direkt vor die Hygienescheibe. Ich habe ein schlechtes Gewissen, weil ich den ganzen Tag in meinem Zimmer verbracht habe. Selbst meine abendliche Portion *Gesund-und-Fertig*© hab ich bei mir gegessen. Sonst versuche ich immer, zumindest während des Essens bei Oma zu sein.

Meine Mutter schiebt sich ihre Portion in die Mikrowelle, sie wartet auf den Klingelton und bleibt dort stehen. »Also, Schilo, ich bin wirklich müde. Über was müssen wir so spät reden?«

»Bist du immer nur im Ministerium?«

Meine Mutter zieht Besteck aus der Schublade und besprüht es mit Antisept. »Wie meinst du das?«

»Bist du nur am Schreibtisch?«

Meine Oma schaut mich an. Sie kann nicht wissen, worauf ich hinauswill, weil sie nicht weiß, was mit Oscar los ist.

Mum hält ihre vom Protector geschützten Hände auf meinen vom Protector geschützten Arm. »Schilo-Schatz, wieso bist du so aufgeregt?«

»Was machst du im Ministerium so lange jeden Tag?«

»Was ich da mache? Das weißt du. Ich bearbeite eingehende Anträge, prüfe verschiedene Sachverhalte …«

Ich ziehe meinen Arm weg. »Und du triffst Entscheidungen?«

Meine Mutter lächelt unsicher, ihre Lippen zittern leicht. Die Mikrowelle spielt eine Melodie, ihr Essen ist fertig, aber Mum rührt sich nicht. »Entscheidungen? Natürlich. Sonst müsste ich ja nichts prüfen, wenn ich nichts zu entscheiden hätte.«

»Oscar ist im Raum der Einsicht für …«

»… mehrere Monate. Ich bin über den Sachverhalt informiert. Schließlich ist Samira deine registrierte Kontaktperson.«

Meine Mutter zieht die Packung *Gesund-und-Fertig*© aus der Mikrowelle. Ich starre sie an. Ein Teil von mir will auf einmal lieber nicht noch mehr von ihr wissen, denn wenn sie hinter der Entscheidung von Oscar steckt, hasse ich sie. Aber ich muss weiterfragen. »Hast du etwas damit zu tun?«

Oma rutscht näher an die Scheibe, jetzt will sie mitdiskutieren. »Oscar ist der Bruder von Samira, nicht wahr?«

»Ja, er ist im Raum der Einsicht eingesperrt.« Kaum hab ich es gesagt, merke ich, wie komisch das für meine Oma klingen muss. *Eingesperrt*.

Oma lebt im Raum der Einsicht, weil sie eben die Einsicht hatte. Sie will gesund bleiben, und sie ist nicht *eingesperrt*. Nicht wirklich. Sie hat doch eine Wahl, irgendwie zumindest. Oder?

Oma geht auf meine Wortwahl gar nicht ein. Sie blickt sich in ihrem Saferoom um. »Für ein Kind ist es in so einem Raum sicher nicht leicht.«

»Oscar kommt ja bald wieder raus«, sagt meine Mutter. »Wenn er einsichtig ist.«

Ich klopfe mit meiner Hand auf den Tisch, berühre dabei den Löffel meiner Mutter. Sie steht auf, holt sich einen neuen und besprüht ihn mit Antisept.

»Hast du die Entscheidung bei Oscar getroffen?«, frage ich nach.

Meine Mutter schüttelt den Kopf. »Nein. Das macht Kollege R-21. Hat Samira das nicht gesagt?«

»Doch. Ich dachte, der kontaktiert nur die Leute und sagt ihnen, was andere im Ministerium beschlossen haben.«

»R-21 kann beides bei uns machen. Entscheiden und danach die Betroffenen kontaktieren.«

Oma nippt an ihrem Becher. »Heißt der wirklich so? R-21? Das ist doch kein Name.«

Ich blicke nur auf den Tisch. »Jeder hat so ein Kürzel im Ministerium. Mum auch.«

»Ach so«, sagt Oma. »Und wer ist R… äh?«

»R-21 ist ein Computer«, sagt meine Mutter.

»Solche Sachen bestimmt kein Mensch bei euch?«, fragt Oma.

Ich habe die Frage nicht gestellt, weil mich das nicht wundert. Die Controller sind auch nur Computer, doch sie finden Dinge, die kein Arzt finden würde, oder jedenfalls nicht so schnell. Das ist sicher, und Sicherheit ist Gesundheit.

Allerdings geht es Oscar gerade alles andere als gut.

Meine Mutter nimmt den ersten Löffel Brokkolisuppe, die bestimmt längst kalt geworden ist. Sie rutscht ein wenig näher zur Scheibe. »Der Computer macht bei einem Fall wie Oscar die zuverlässigste Arbeit.«

Oma runzelt die Stirn.

Ich ergänze den Satz meiner Mutter. Allerdings klinge ich nicht so stolz wie sie, ich bin verbittert. »Ja. Selbst wenn es um kleine Kinder geht – keiner achtet auf die Einhaltung der GaR so gut wie ein Computer.«

# 18

Meine Mutter löffelt ihre Suppe aus und geht ins Badezimmer. Ich sitze noch länger bei Oma. Sie will wissen, was mit Oscar los ist, und ich erzähle ihr von ihm. Sie hört zu, und kurz glaube ich, sie würde nicht mehr mit Toko anfangen. Das ist natürlich ein Irrtum, denn schon macht sie es wieder.

»Und was ist mit Toko?«

»Was soll mit ihm sein?«, frage ich.

»Ich finde es schön, wenn du ihm nachts hilfst. Aber ich glaube, du kannst nicht mit einem Cleaner zusammen sein.«

»Ich weiß.«

»Ach ja, das mit der Liebe ist schwierig. Jeder hat da so seine Geheimnisse.«

Ich schaue sie nur verwundert an. Sie nimmt ein Buch vom Regal neben ihrem Bett und legt es auf den Tisch. Aber sie setzt sich nicht hin, um es zu lesen.

Sie verschwindet in ihrem kleinen Badezimmer und kommt mit einem Lippenstift zurück. Sie trägt ihn nur, wenn einer von uns Geburtstag hat. Von uns hat gerade keiner etwas zu feiern, und sowieso ist es viel zu spät. Was soll das?

Sie reißt eine Seite aus dem Buch und schreibt etwas mit dem Lippenstift über die gedruckten Buchstaben.

Sie hält mir das Blatt Papier an die Scheibe, und ich lese die Großbuchstaben: OPA LEBT.

Als Oma das Papier wieder wegzieht, hat sie Tränen in den Augen.

Ich kann es nicht fassen. Mein Opa ist nicht tot? Ich will mit ihr reden, aber sie nimmt meinen Kontaktversuch nicht an. Ich sehe ihren Controller blinken und frage sie tonlos: »Wo?« Ich mache den Mund so weit auf, dass Oma die Frage erkennen muss.

Sie schreibt den Ort mit Lippenstift auf die Seite und streckt sie mir entgegen. Ich lese und kann es nicht glauben. Das ist nicht ihr Ernst.

Oma zerknüllt die Seite und geht ins Bad. Ich sehe durch die offene Tür, wie sie das Papier in die Toilette wirft und wegspült. So wie ich meinen Nachtheiler entsorgt habe.

Kaum denke ich an die Pillen, kommt Oma mit einer Packung zurück. Sie drückt einen Nachtheiler raus und schluckt ihn runter. Mit einem Taschentuch tupft sie sich die Augen trocken und legt sich hin.

Kurz darauf liege ich in meinem Bett und frage Samira, wie es Oscar geht. Dass sie keine Pillen nimmt und nicht schlafen kann, weiß ich inzwischen. Sie antwortet sehr leise, ich verstehe sie kaum. »Er isst immer noch nichts, und er trinkt nichts. Er hat den ganzen Tag nur geschlafen.«

»Kann ich irgendwas machen?«

Samira schweigt. Irgendwann sagt sie endlich etwas. »Du kannst mich morgen wieder mit Mathe ablenken.«

»Mehr nicht?«

»Nein.«

»Okay. Achte die Ga…« Ich bringe den Satz nicht zu Ende. Ich klinge wie R-21. Zumindest stelle ich mir vor, dass er so klingt. Oder wie meine Mutter. Nein, beides ist gelogen. Ich klinge nicht wie ein Computer und nicht wie eine menschliche Mitarbeiterin vom Ministerium. Ich klinge wie ich selbst – bevor das mit Oscar war.

Und dann sage ich: »Bis morgen, Samira.«

Bevor ich aus Versehen einschlafe, stehe ich auf und gehe zum Fenster. Die Drohnen versprühen das Antisept. Es hat heute geregnet, umso wichtiger ist der nächtliche Schutzfilm. Der normale Regen ist schmutzig, er bringt die Umweltgifte von draußen zu uns. Das Wasser in den Wolken ist voller Erreger, es ist ungefiltert und nicht desinfiziert.

Nur der *Clean Rain – Regen der Reinheit©* kann das Problem lösen, sagt das Ministerium zumindest. Sage ich das auch? Denke ich es? Und wenn ja, glaube ich wirklich daran, nur weil ich es denke? Was habe ich nur auswendig gelernt, was habe ich wirklich verstanden?

Ich schaue in den Himmel, inzwischen leuchten Sterne. Die Wolken sind fort, nun regnet es woanders. Ich denke an meinen Opa, sehe die Buchseite mit Omas Lippenstift vor mir. Er ist nicht tot. *OPA LEBT.*

Und sie hat mir aufgeschrieben, wo er wohnt. Opa lebt dort, wo es keinen Antisept-Regen gibt. Er lebt in den Sicklands.

# 19

Als Toko durch die Schleuse tritt, warte ich im Flur. Er ist auf die Minute pünktlich. Wir lächeln uns kurz zu, es hat etwas Verschwörerisches. Dabei wollen wir nur gemeinsam eine Wohnung desinfizieren, um danach etwas Zeit für uns zu haben.

Ich übernehme den Desinfikator, Toko macht den Rest. Sogar meine Oma schläft, aber sie weiß auch so, was hier geschieht. Wichtiger ist meine Mutter. Auf ihrem Nachttisch liegen ihre Pillen, und in der Packung von heute fehlt der Nachtheiler – das ist die Hauptsache. Ich desinfiziere heute sogar ihr Schlafzimmer.

Toko und ich treffen uns nach der Arbeit in meinem Zimmer. Ich überkreuze meine Arme und nicke ihm zu. »Und?«

Toko schaut auf seinen Controller. »Nicht schlecht. Wir haben acht Minuten. Dann muss ich weiter.«

Er geht einen Schritt auf mich zu, ich einen weiteren auf ihn. Wir haben keinen sicheren Abstand mehr.

»Du siehst traurig aus«, sagt er.

»Die Tage ist viel los.« Mehr bekomme ich nicht raus. Dabei würde ich so gern mit jemandem darüber reden, der nicht wie meine Oma sechzig Jahre älter ist. So gut wir uns verstehen und sosehr ich meine Oma liebe, sie lebt in ihrer Vergangenheit.

»Und was ist die Tage so viel los?«, fragt Toko.

Wo soll ich anfangen? Der kleine Bruder meiner registrierten Freundin isst und trinkt nichts. Und ein alter Mann, mein Opa, lebt. Alle haben gesagt, er sei tot. Dabei wohnt er in den Sicklands, wieso auch immer. Vielleicht ein Streit? Worüber? Vielleicht wollte er nicht im Saferoom leben. Dann würde mein Opa dem Bruder von Samira sehr nahestehen, selbst wenn sie sich nie begegnet sind.

Wie lange schweige ich Toko schon an? Weil ich nichts von mir gebe, öffnet er den Mund und will etwas sagen. Aber so geht das nicht! Er muss wissen, was in mir vorgeht. Er kennt meine Welt so wenig wie ich seine. Aber ich kann das jetzt ändern. Und deshalb erzähle ich ihm alles.

Tokos Controller blinkt schon seit Minuten, und ich zeige auf das Gerät. »Du bist zu spät bei der nächsten Wohnung. Bekommst du keinen Ärger?«

»Doch, und wie«, sagt Toko. »Aber das hier ist mir jetzt wichtiger. Erzähl weiter.«

Als ich fertig bin, schweigen wir beide, dann hält mir Toko seinen Ellenbogen entgegen. »Willst du mich immer noch kennenlernen?«

Ich nicke und drücke meinen dagegen. Wir wissen beide, das machen eigentlich nur registrierte Kontaktpersonen miteinander.

»Dann treffen wir uns morgen Mittag an der Kreuzung dort.« Toko zeigt aus dem Fenster runter zur Straße und nennt eine Uhrzeit. Ich schaue ihn verwirrt an.

Klar wollte ich seine Welt sehen und ihn kennenlernen, aber jetzt geht es ziemlich schnell.

Er zieht aus seinem Protector ein flaches Gerät, nicht größer als der Fingernagel meines Daumens. »An der Kreuzung schiebst du den Störer unter deinen Controller.«

»Den was?«

»Den Störer. Das Gerät stört den Empfang. Du sendest keine Daten mehr.«

»Du meinst Gesundheitsdaten?«

»Und die Ortsdaten, Kontaktdaten, alles eben. Sie wissen nicht, wo du bist und was du machst.«

»Und wieso brauchen wir das?«

»Weil wir uns nicht treffen dürfen.«

Toko hat natürlich recht. Wenn ich nicht nur die paar Minuten nach dem Desinfizieren mit ihm sprechen will, müssen wir uns etwas einfallen lassen.

»Wenn der Controller keine Daten sendet, denkt das Ministerium, ich würde stundenlang an der Kreuzung stehen?«

»Eine technische Störung. Kommt zwischendurch mal vor.«

Also bei mir kam das noch nie vor, denke ich. Aber ich behalte den Gedanken für mich. Seit meiner Geburt trage ich immer die neueste Controller-Version. Die kann sich Toko vielleicht nicht leisten, und das tut mir leid für ihn.

Soll ich den Controller austricksen? Ich meine, ich habe mit der Sache angefangen, ich wollte Toko kennenlernen. Und jetzt muss ich mich entscheiden, wie weit ich gehen will. Toko legt den Störer auf meinen Nachttisch. »Du kannst es dir ja überlegen. Ich muss zur nächsten Wohnung.«

»Bleib gesund«, sage ich.

*Bis morgen Mittag* sage ich nicht, weil ich nicht glaube, dass ich für den Störer bereit bin. Wenn meine Mutter davon erfährt, bin ich geliefert. Sie will nie, dass ich etwas riskiere. Und irgendwie hat sie recht. Meine letzten Prüfungen in der Schulbasis stehen an.

Andererseits, was riskiere ich eigentlich? Toko hat gesagt: *Eine technische Störung. Kommt zwischendurch mal vor.* Aber kann ich ihm vertrauen?

# 20

Als ich aufwache, kontaktiere ich Samira. Ich will nicht warten, bis sie sich meldet.

»Und?« Mehr muss ich sie nicht fragen, denn es gibt zurzeit nur ein wichtiges Thema für uns: Oscar.

»Noch immer nichts gegessen und getrunken«, sagt Samira. Sie klingt erschöpft und fährt fort: »Ich habe die ganze Nacht in der Küche gelegen, direkt an der Scheibe bei ihm. Wir haben nebeneinander geschlafen. Nur die Scheibe war zwischen uns …«

Samira schluchzt und beendet das Gespräch. Meine weiteren drei Kontaktversuche nimmt sie nicht an.

Ich melde mich bei meiner Mutter, und sie antwortet sofort. Ihre Stimme klingt ernsthaft besorgt. »Schilo-Schatz. Was ist passiert?«

»Oscar stirbt!«

»Wie bitte?«

»Oscar verdurstet und …«

»Schilo-Schatz, warte mal bitte.«

Ein Mann mit sanfter Stimme meldet sich. »*Das Ministerium für Reinheit ist gleich wieder für Sie da. Bitte haben Sie etwas Geduld.*« Ein Klavier spielt eine langweilige Melodie. »*Das Ministerium für Reinheit ist gleich wieder für Sie da. Bitte haben Sie etwas …*«

»Schilo-Schatz«, meldet sich meine Mutter wieder.

»Die Werte von Oscar sind in Ordnung. Er trinkt nachts. Das weiß Samira vielleicht nicht.«

»Sicher? Er trinkt?«

»Ja.«

»Und essen? Isst er auch heimlich? Wenn er das nicht macht, dann …«

»Schilo-Schatz, beruhige dich bitte. Die Maßnahmen im Raum der Einsicht sind das Beste für Oscar. Er muss die GaR achten. Er wird das bald verstehen. Es geht nicht nur um ihn, es geht um die Gesundheit von uns allen. Wenn er die Gesetze nicht …«

Ich wische den Kontakt weg. Ich habe mich nicht bei meiner Mutter gemeldet, um eine Rede des Ministeriums zu hören. Wieso habe ich sie dann überhaupt kontaktiert? Habe ich wirklich gedacht, sie könnte etwas ändern? Und selbst wenn sie es könnte, würde sie es wollen?

Ich muss mit Samira sprechen. Beim fünften Versuch meldet sie sich endlich. Sie weint noch, aber sie hört mir zu. Ihre Stimme ist brüchig. »Er trinkt nachts heimlich?«

»Hat meine Mutter gesagt. Die beobachten ihn ja. Mach dir bitte keine Sorgen.« Ich sage es und glaube doch nicht daran. Selbst wenn er nachts trinkt, auf Dauer reicht das ja nicht.

Joggen will Samira weiterhin nicht mit mir. Sie fühlt sich nicht nach Sport, und für die Prüfungen lernen will sie erst am Abend. Keine Ahnung, was sie den ganzen Tag vorhat, sie will nicht darüber sprechen. Vielleicht liegt sie einfach an der Scheibe bei Oscar? Das würde ich sehr gut verstehen. Doch wieso sagt sie es mir dann nicht?

Und ich? Soll ich mittags zu Toko, also zur Kreuzung, oder nicht? Samira hat bis zum Abend keine Zeit, aber das ist kein Grund, gegen Gesetze zu verstoßen. Meine Mutter würde es niemals dulden, aber ich bin kein Kind mehr, ich kann über mich selbst bestimmen. Und jetzt will ich ausnahmsweise mal nicht das machen, was von mir erwartet wird und was erlaubt ist, sondern das, was sich richtig anfühlt.

Zur vereinbarten Zeit warte ich mittags an der Kreuzung. Ein Junge steht neben mir an der Ampel, er ist in Oscars Alter. Obwohl die Ampel für Fußgänger zu Grün wechselt, bleibt das Kind stehen. Es lächelt mich an, ich lächle zurück. Es ist nicht viel los, und außer dem Jungen sieht mich hier keiner.

Also schiebe ich den Störer zwischen Arm und Controller. Er ist magnetisch und haftet sofort an dem Gerät. Die Anzeige des Controllers erlischt, alles ist schwarz. Keine Gesundheitsdaten, keine News, keine Filme und Fotos, kein Wetter, keine Kontakte und nicht einmal die Uhrzeit: nichts.

Ich bin von der Welt komplett abgeschnitten, und das fühlt sich nicht gut an. Egal, was jetzt passiert, meine Körperfunktionen werden nicht überwacht. Wenn es mir schlecht geht, erfährt das keiner. Ich kann weder Puls noch Herzfrequenz kontrollieren. Und das, was mir am meisten Angst macht: Ich kann niemanden erreichen. Und niemand erreicht mich!

Der Junge macht einen Schritt auf mich zu, als hätte er nur darauf gewartet, dass ich den Störer einsetze. »Hallo, Schilo.«

»Kennen wir uns?«

»Nee«, sagt er. »Komm mit!«

Ich könnte stehen bleiben und mich weigern. Aber das Kind ist ja nicht zufällig um diese Uhrzeit an der Kreuzung und kennt meinen Namen.

Wir gehen gemeinsam auf einen der Parkplätze hinter den Hochhäusern. Fahrzeuge stehen genug dort herum, alle ohne Fahrer. Ein schmaler Weg führt von Hinterhof zu Hinterhof.

Der Junge ist so schnell, dass ich kaum hinterherkomme, ohne rennen zu müssen. Ich bin nie in dieser Gegend, obwohl es direkt vor meiner Haustür ist. Die schönen Parks liegen in der anderen Richtung. Hier gibt es kaum Grünflächen, alles ist zugebaut.

Der Junge verschwindet hinter einer Ecke. Als ich dort ankomme, ist er weg. Ein Mädchen bolzt einen Fußball gegen eine graue Wand. Ohne etwas zu sagen, nimmt es den Ball unter den Arm und geht los.

Als ich dem Mädchen nicht folge, sondern es einfach nur beobachte, dreht es sich zu mir und winkt mich zu sich. Ein deutlicheres Zeichen kann ich nicht erwarten. Wir ziehen weiter die schmalen Wege hinter den Häusern entlang.

Das Mädchen ist so schnell wie der Junge. Ich beeile mich und hole es ein. »Seid ihr Freunde von Toko?«

»Wer?«, fragt es.

Ich bleibe stehen. »Der Junge und du. Ich dachte, ihr bringt mich zu Toko.«

Das Mädchen läuft einfach weiter, und was bleibt mir anderes übrig? Jetzt umzudrehen ergibt keinen Sinn, ich will ja wissen, was das soll.

Nach zwanzig Minuten stehen wir vor dem Eingang des Zentralfriedhofs. Ich kenne diesen Ort nur vom Homelearning. Unsere Lehrerin hat uns mal einen Film darüber gezeigt, als wir die *Große Pandemie* durchgenommen haben.

Ich konnte die Grabsteine in meinem Zimmer in Originalgröße sehen. Auf jedem Stein standen Dutzende Namen. Es gab zu wenig Platz für all die Toten, weil zu viele zu schnell gestorben waren. Bis vor kurzem dachte ich, mein Opa gehöre zu ihnen.

Das Mädchen köpft den Fußball über die Mauer und klettert hinterher. »Wir sind gleich da!«, ruft es mir von der anderen Seite zu.

Ich suche die Mauer nach einem Eingang ab, in weiter Ferne sehe ich einen Parkplatz. Dort müsste ein Tor sein, aber wenn ich den Umweg nehme, dann ist das Mädchen doch längst verschwunden.

Also ziehe ich mich hoch und überblicke den Friedhof. Die meisten der Pandemietoten liegen eingeäschert in den Grabhallen, tief unter der Erde. Ich sehe die gläsernen Eingänge zu diesen unterirdischen Grabhallen. Irgendwann reichten die Massengräber nicht mehr, also musste man den Platz weiter unten nutzen.

Besucher entdecke ich von hier oben nicht, vielleicht

ist mittags keine Besuchszeit. Oder alle arbeiten und lernen, oder sie leben im Raum der Einsicht, dann dürfen sie sowieso nie hierher.

Ich springe von der Mauer runter zu dem Mädchen, und es läuft weiter. Mein Protector ist inzwischen total dreckig. Ich bleibe stehen, suche ihn kurz nach Rissen ab. Nichts. Doch wie es mir wirklich geht, weiß nur mein Controller, und der zeigt natürlich immer noch nichts an. Der Magnet des Störers haftet an ihm, als wäre er angeklebt.

Seit der Kreuzung vor meiner Wohnung habe ich bestimmt zwanzigmal die tote Anzeige überprüft. Ich bin es gewohnt, meine Werte zu checken, und ich will wissen, ob mich jemand kontaktieren will. Jetzt ist dieses praktische Gerät nur ein funktionsloser Armreif.

Der Einzige, der ihn auswechseln kann, ist mein Arzt. Und das macht er auch nur alle paar Jahre, wenn das alte Modell nicht mehr passt. Abgesehen vom Arztbesuch ist das jetzt das erste Mal, dass ich ohne Controller bin, also ohne funktionierenden Controller.

Das Mädchen klettert auf der anderen Seite des Friedhofes die Mauer wieder hoch, und ich bin genervt. »Kommen wir irgendwann an?«

Ich drücke mich von ein paar alten Grabsteinen ab, die an der Mauer lehnen, ziehe mich hoch und lasse mich auf der anderen Seite vorsichtig runter. Vor mir steht ein Zaun, der fast so hoch ist wie die Mauer. Ein paar Meter entfernt hängt ein gelbes Schild mit einem schwarzen, zackigen Pfeil: ACHTUNG STROM. LEBENSGEFAHR!

Wo ist das Mädchen hin? Hinter dem Zaun ist alles mit Büschen und Bäumen zugewachsen. Ich sehe ein Gebäude, von dem gelbe Farbe abblättert. Es ist viel kleiner als die hygienischen Häuser, die man seit dem *Gesunden Wandel* baut.

Das gelbe Gebäude ist ein typisches Bauwerk aus der Zeit der *Großen Pandemie*. Es wirkt total verwinkelt, drinnen gibt es garantiert Räume, die nur schwer zu desinfizieren sind. Die Fenster sind winzig, der Eingang ebenso, einfach alles. Bestimmt kam man sich in diesen Häusern gefährlich nah.

Ich suche das Mädchen, da entdecke ich die Lücke im Zaun, mindestens einen Meter breit, halb so hoch wie ich. Ich könnte problemlos durchschlüpfen. Aber will ich das wirklich? Das Gelände ist nicht desinfiziert, alles ist unrein. Wer weiß, welche Krankheiten mich auf der anderen Seite erwarten.

# 21

Ich drehe mich zur Friedhofsmauer um und suche eine Stelle, an der ich wieder hochkomme. Das mit dem Störer war dumm, und der weite Weg hierher ins unhygienische Nichts war noch dümmer. Ich muss zurück und mich desinfizieren. Den Weg nach Hause finde ich schon irgendwie.

Ein paar Meter weiter stehen verrostete Tonnen an der Wand. Wenn ich mich daraufstelle, kann ich mich vielleicht an der Mauer hochziehen. Ich klettere auf eine der Tonnen, da höre ich Toko direkt hinter mir: »Die Party beginnt doch erst.«

Wo kommt der auf einmal her? Er reicht mir seine Hand. Obwohl sie mit dem Protector geschützt ist, will ich sie nicht anfassen. Ich bin sauer auf ihn und springe auf den Boden. »Welche Party?«

»Du warst gestern so traurig. Ich dachte, eine Party wäre …«

»Mitten am Tag?«

Toko schaut in den wolkenlosen Himmel. »Ich muss leider nachts arbeiten. Ich feiere tagsüber.«

»Hier im Dreck?« Das klingt gemein. Ich erschrecke selbst über meine Wut. »Entschuldige. Ich meine nur, hier ist es …«

»Kein Problem. Ich finde es hier auch nicht sauber.«

Er geht zum Loch im Zaun und drückt sich durch. »Strom fließt nicht mehr. Pass trotzdem auf.«

Ich bleibe stehen.

Toko grinst mir zu. »Wir reinigen uns gleich. Versprochen!«

»Aber du wohnst doch nicht hier?«

Toko muss lachen. »Nein.« Er bleibt vor der Treppe stehen. »Irgendwo müssen wir uns ja sehen. In deinen Stadtteil darf ich als Cleaner nur nachts. Und in meinen Stadtteil darfst du nie.«

»Darf ich nicht?« Das wusste ich nicht. Ich wäre nie auf die Idee gekommen, es zu probieren. Zumindest nicht, bevor ich Toko kennengelernt habe.

»Kommst du jetzt mit zur Party, oder nicht?«

Ich zwänge mich durch die Lücke im Zaun und bleibe vor dem Gebäude an einer Treppe stehen. Sie führt zu einer Tiefgarage oder einem Keller. »Da soll eine Party sein?«

Toko drückt vier Mal auf einen Schalter. Unten geht eine Tür auf, und ich höre Musik und Dutzende Stimmen. Jetzt muss ich lachen. »Tatsächlich, eine Party!«

»Hier dürfen wir zusammen feiern«, sagt Toko. »Nicht-Cleaner wie du und Cleaner wie ich.«

Er geht voraus, und wir betreten einen kleinen stickigen Raum. Die Musik wird lauter, aber wir sind noch nicht angekommen.

»Hi, Schilo«, sagt eine Frau. Sie hat einen Schlauch in der Hand, dessen Ende in einen Antisept-Kanister führt. »Sicher ist sicher«, sagt sie und pumpt.

Ich drehe mich im Kreis, halte die Arme hoch, strecke ihr Handflächen und Schuhsohlen entgegen. Toko hat mich nicht angelogen, wir werden tatsächlich gereinigt.

»Du bist wie neu«, sagt sie zu mir und nimmt sich Toko vor.

Als wir desinfiziert sind, klopft sie an eine Tür hinter sich. Sie geht auf, und ich sehe die Party. Der Kellerraum ist nicht so groß wie ein richtiger Club, aber bestimmt fünfzig Leute tanzen, und die Stimmung ist gut.

Toko führt mich zur Bar. Der Tresen besteht aus einem langen Brett, das von Kisten getragen wird. »Was magst du?«

Links und rechts von uns trinken sie etwas Rotes. Ich zeige auf eines der Gläser.

Toko reißt die Augen auf. »Du weißt, was das ist?«

»Traubensaft?«

»Ja«, lacht er. »Aber der hier wird in Fässern gelagert.«

Ich verstehe nicht, was Toko meint, und er merkt es. »Das ist Wein.«

»Hier gibt es Alkohol?« Ich muss an die verpixelten Urlaubsfotos von Oma und Opa denken.

»Hier gibt es alles.« Das sagt nicht Toko, sondern die Barkeeperin.

»Dann einen Orangensaft, bitte.«

Sie schaut Toko an.

»Für mich auch.«

Toko legt einen Schein auf den Tisch. Bargeld habe

ich seit meiner Kindheit nicht mehr gesehen. Dass hier unten keiner seinen Controller zum Zahlen benutzt, verstehe ich, damit hinterlässt man nur Spuren. Aber man kann mit Münzen und Scheinen doch gar nichts mehr anfangen.

»Woher hast du das?«

Toko zwinkert mir nur zu.

Wir stellen uns mit den Saftflaschen in eine Ecke. Sitzen kann man in dem Raum nur auf großen Kissen, die auf dem Boden liegen. Das sieht nicht so hygienisch aus, und das findet Toko wohl auch. Die Stehecke war schließlich seine Idee.

In den Flaschen sind Röhrchen, und so können wir mit Gesundvisieren trinken. Erst jetzt fällt mir auf, dass nicht alle Leute im Raum sicher sind. Manche tragen kein Visier, sie sind ungeschützt!

Außerhalb meiner oder Samiras Wohnung habe ich nie Menschen ohne Schutz gesehen. Ich fühle mich etwas wackelig auf den Beinen und lehne mich an die Wand.

Ohne Gesundvisier spucken sich die Leute beim Reden ins Gesicht. Das geht gar nicht anders, schon gar nicht bei dem Lärm. Da redet man lauter als sonst, und dann passiert das öfter.

»Alles okay?«, fragt Toko.

Ich nicke nur, und er weiß, was los ist. »Keine Angst. Wir beide sind geschützt. Ich will darauf auch nicht verzichten.«

So richtig wohl fühle ich mich nicht. Doch dann

spüre ich Tokos Hand auf meinem Arm. Ich drehe mich zu ihm, und wir umarmen uns. Ich lege meinen Kopf auf seine Schulter, mein Visier verschiebt sich, aber nur ein ganz kleines bisschen. Und das ist in Ordnung.

Unsere langsamen Bewegungen passen nicht wirklich zur Partymusik. Das stört hier keinen, und das gefällt mir besonders an diesem Ort.

Tanzen wir seit einer halben Stunde oder seit einer Stunde? Mein Controller funktioniert nicht, und mein Zeitgefühl habe ich mit Toko verloren. Egal, von mir aus könnte es ewig dauern. Irgendwann sind meine Augen geschlossen, das Stimmengewirr geht an mir vorbei. Über uns beide spricht hier keiner, da bin ich sicher. Wer hier ist, der will in Ruhe feiern, und zwar so, wie es an anderen Orten nicht sein darf.

»Bist du oft hier?«, frage ich Toko.

»Der Ort wechselt. Es stehen ja genug alte Häuser herum.«

Ich finde, Toko redet sich raus. Ich will eigentlich wissen, ob er oft auf solchen Partys ist. Und natürlich interessiert mich, mit wem. Aber ich will nicht nerven.

Ich nehme meinen Kopf von seiner Schulter und schaue mich im Raum um. Vor uns tanzen zwei Frauen ohne Visier, sie lachen laut und sind sich viel zu nah. Keine zwei Meter neben uns umarmt ein Junge ein Mädchen, beide sind nicht älter als ich. Sie öffnet ihr Visier und drückt ihre Lippen an den vom Protector geschützten Hals.

Sie küsst ihn!

Und Küssen ist sickländisch.

Der Junge öffnet sein Gesundvisier und nähert sich den Lippen des Mädchens. Sie tauschen doch gleich unzählige Erreger aus!

Mir wird schlecht und dann so richtig schwindelig. Ich sehe die Zungen der beiden! Der Raum dreht sich, die Barkeeperin schaut mich an, sie ruft etwas. Ich sehe Toko, der sagt auch etwas. Aber was? Sein Gesicht verschwimmt vor mir. Er kommt mir zu nah, viel zu nah. Abstand führt zu Sicherheit, denke ich. Dann falle ich in seine Arme, und alles wird schwarz.

# 22

Ich wache auf und schaue in den blauen Himmel. Wo bin ich? Der Boden fühlt sich weich an. Ich liege auf zwei großen Kissen aus dem Partyraum. Allerdings bin ich nicht mehr unten im Keller, sondern auf einem Platz neben dem alten Gebäude.

»Hab die Kissen vorher desinfiziert«, sagt die Frau vom Eingang.

Sie sitzt neben mir auf dem Antisept-Kanister. Toko steht hinter ihr. »Das war ein bisschen zu viel für dich da unten. Hätte ich wissen müssen.«

Ich winke ab. »Ich bin selbst schuld. Ich wollte ja deine Welt mal kennenlernen.«

»Das war nicht meine Welt«, sagt Toko. »Das war deine Welt.«

»Wie jetzt?«, frage ich.

»Der Junge, das Mädchen, der Kuss! Das sind keine Cleaner. Das sind einfach nicht registrierte Freunde, die Spaß haben wollen.«

»Spaß haben?«, frage ich und sehe wieder die Zungen vor mir.

»Ich weiß, was du meinst«, sagt Toko. »Das würde ich auch nie tun.«

Er reicht mir seine Hand, zieht mich hoch und hält danach seine Hände der Frau entgegen. Sie sprüht Antisept auf die Schutzhaut und kommt mit dem Schlauch zu mir. Ich finde es gut, dass Toko auf sich aufpasst und die GaR ziemlich einhält. Oder macht er das nur für mich?

Ich schaue mir den Hof des Gebäudes genauer an. Der graue Bodenbelag ist aufgeplatzt, Unkraut wächst überall aus den Ritzen.

»Was ist das für ein Ort?«

»Ich war eine Stunde vor dir da und hab mir alles angeschaut«, sagt Toko. »Soll ich dir was zeigen?«

Der Eingang ist mit Brettern zugenagelt, doch Toko deutet auf eines der Fenster und die Scherben am Boden. »Du musst auf deinen Protector aufpassen!«

Kurz darauf stehen wir in einem Raum voller kleiner Tische. Und dann wird mir klar, was das für ein Haus ist.

»Die Tische stehen so eng beieinander«, sage ich.

Toko nickt. »An jedem Tisch saßen sogar zwei Kinder zusammen.«

Mir schnürt es die Kehle zu. In diesem Raum stehen vierzehn Tische, also mussten achtundzwanzig Schüler gleichzeitig hier sein. Fast dreißig kleine Menschen in einem Zimmer! Und sie atmeten dieselbe Luft. Ich schaue mir die Decke an, keine Filteranlage und kein Luftschacht.

Toko zeigt auf einen winzigen Seifenspender neben einem viel zu kleinen Waschbecken. »Die wenigsten Zimmer hier haben so was.«

Mir wird übel, und ich muss aufpassen, nicht wieder

umzukippen. »Kein Wunder, dass es zur *Großen Pandemie* kam.«

Toko geht zur Tür. »Genau das habe ich auch gedacht.«

Er tritt die Tür mit den Füßen auf. Erst denke ich, er macht das, weil die Automatik kaputt ist, weil hier kein Strom mehr fließt. Dann sehe ich den alten Mechanismus: Die Tür hat offenbar keinerlei Technik, nur eine Klinke. Toko merkt, wie ich davor stehen bleibe.

Ich schaue ihn fassungslos an. »Jedes Kind musste diese Klinke ständig anfassen?«

Toko antwortet vom Flur: »Und die hatten damals keinen Protector, keine Handschuhe, nichts!«

Der Raum macht mich wütend. Wir laufen den langen Flur entlang, ich zähle die Türen der Klassenzimmer. »Wie viele Etagen gibt es?«

»Vier«, sagt Toko und geht zur Treppe.

Ich rechne die Anzahl der Schüler auf dieser Etage mal vier. Dieses kleine Gebäude war für über fünfhundert Schüler! Unvorstellbar. Hier könnte man heute keines der Gesetze der absoluten Reinheit einhalten.

Wir bleiben an der Treppe stehen, von oben höre ich Stimmen.

»Willst du mehr sehen?«, fragt Toko.

»Wer ist das da oben?«

»Das sind Händler.«

»Händler? Hier?«

»Rate mal, wo ich den Störer für dich gekauft habe. Die Händler fehlen auf keiner Party.«

»Die verkaufen Störer?«

»Die verkaufen alles.«

Ich hab heute genug gesehen und will nicht hoch, und Toko spürt das.

»Da vorne ist ein offenes Fenster«, sagt er.

Draußen zwängen wir uns nacheinander durch den Zaun. Wir stehen an der Mauer zum Friedhof. Toko muss jetzt los. »Ich sollte noch ein paar Stunden schlafen vor der Arbeit.«

Wir lächeln uns zu, umarmen uns, und die Gesundvisiere stoßen aneinander.

Plötzlich schlägt etwas hart auf meinen Rücken, und ich schreie vor Schreck.

# 23

Als ich mich umdrehe, sehe ich das Mädchen. Der Fußball liegt auf dem Boden, ich kicke ihn zurück. Es nimmt ihn mit dem Kopf an. Der Ball knallt gegen den Zaun und wieder zu dem Mädchen.

»Sie bringt dich in dein Viertel«, sagt Toko.

Ich gehe auf das Mädchen zu, halte aber den Abstand ein. »Wie heißt du?«

Es sagt nichts, und das bleibt auf dem kompletten Rückweg so. Irgendwann biegt das Mädchen um die Ecke eines Gebäudes, und als ich dort ankomme, ist es weg. Doch ich erkenne die vierspurige Straße: Sie führt zur Kreuzung vor unserem Hochhaus, auch wenn das bestimmt eine gute halbe Stunde zu Fuß ist.

Ich würde so gern endlich den Störer von meinem Controller ziehen. Dann könnte ich sogar mit der U-Bahn fahren, aber ohne Controller käme ich nicht mal durch die Schranke am Eingang.

Was noch schlimmer ist, das ist mein Durst. Den Orangensaft habe ich vor einer Ewigkeit getrunken, und ich bin seitdem nur in Bewegung. Ich laufe an Cafés vorbei und kann mir nichts kaufen ohne den Controller. An jedem Tisch sitzen zwei Leute, so wie es die GaR erlauben: jeweils eine Person mit der registrierten Kontaktperson.

Die Familientische sind weiter hinten. An einem sehe ich zwei Erwachsene mit ihrem Kind. Der Tisch ist von einer Plastikscheibe umrahmt. Das Kind ist vielleicht drei Jahre alt und trägt eine *Bestschutzmaske – für die Kleinen das Beste*©. Nur die Eltern können sie entsichern.

Ich muss an Samiras Bruder denken. In seiner Größe gibt es so eine Maske sicher nicht mehr. Und wenn doch, dann hätte Oscar es geschafft, sich sogar dieses Ding vom Gesicht zu reißen. Selbst wenn er der erste Mensch in Cleanland wäre, dem das gelingt.

Wie geht es Oscar jetzt und wie Samira? Ich muss sie kontaktieren, sobald ich den Störer entfernt habe. Toko hat gesagt, ich solle bis zur Kreuzung warten. Je weniger der Controller über meinen Ausflug weiß, desto weniger Probleme gibt es.

Ich komme beim Hochhaus vor meiner Kreuzung an. Oft steht hier eine mobile Desinfizierungsbox. Ich suche den Platz ab und sehe an der Ecke zu einer Seitenstraße den grün blinkenden Container.

Vor mir ist erst noch eine Frau im Alter meiner Mutter dran. Sie geht in die Box und kommt nach fünf Sekunden desinfiziert wieder heraus. Dann steht sie vor mir und wartet. Auf was? Mir fällt es viel zu spät ein, wie unhöflich bin ich denn? Sie achtet die GaR, und sie ist komplett antiseptiert. Der Abstand!

Ich gehe drei Schritte zurück. »Entschuldigen Sie bitte. Bleiben Sie gesund.«

Sie schüttelt den Kopf. Der frische Antisept-Film glänzt auf ihrem Protector.

Die Nutzung dieser mobilen Boxen ist überall kostenlos. Über dem Eingang steht: *Zu wenig Abstand? Zu viel Berührung?* Auf mich trifft beides zu, und ich wische drinnen über die Antisept-Anzeige.

Ich mache das nicht aus Sorge vor einer Krankheit. Zumindest mache ich mir das vor. Doch wer weiß, was mein Home-Controller sagt, wenn ich mit dem verschwitzten und schmutzigen Protector in der Schleuse stehe?

Vor dem Eingang des Hochhauses ziehe ich den Störer von meinem Controller. Keine drei Sekunden später leuchten meine Werte, alles ist im grünen Bereich.

Doch dann treffen die verpassten Nachrichten ein: Dreizehnmal haben Samiras Eltern versucht, mich zu erreichen. Samiras Eltern? Wieso kontaktiert mich Samira nicht selbst?

Und überhaupt, wir wollten erst abends für die Prüfungen lernen. Das hat sie selbst gesagt. Sie hätte vorher keine Zeit für mich, wieso auch immer.

Ich stehe vor dem Lift unseres Hochhauses. Kaum saust er in die Höhe, kontaktiere ich Samira. Ich will von ihr wissen, was los ist, nicht von ihren Eltern.

Samira meldet sich sofort, das denke ich zumindest.

*»Samira kann deinen Kontakt nicht entgegennehmen«*, sagt jedoch eine freundliche Stimme. *»Achte die GaR und bleib gesund!«*

Ich wische über den Controller. Samira ist sonst immer zu erreichen. Sie nimmt meinen Kontakt an, wenn sie isst, selbst wenn sie duscht. Auch bei den Prüfungen schaltet sie das Gerät nicht in den Ruhemodus, was eigentlich Pflicht ist.

Ich melde mich bei Samiras Eltern.

»SCHILO«, sagt ihr Vater viel zu laut. Aber er klingt erleichtert, mich zu hören. »Endlich meldest du dich!«

»Was ist denn passiert?«

»Samira ist weg.«

# 24

Die erste Schleusentür zu unserer Wohnung zischt auf. Ich will nur schnell etwas trinken, vielleicht etwas essen. Dann muss ich zu Samiras Eltern, um zu erfahren, was los ist. Samira ist weg! Seit wann? Wieso? Und wo soll sie überhaupt sein? Abhauen passt nicht zu ihr, sie kommt doch super mit ihren Eltern klar.

Ihr Vater hat auf all meine Fragen immer nur geantwortet: »Du kannst Oscar heute gern besuchen.« Er hat es bestimmt dreimal zu mir gesagt. Mindestens. »Du kannst Oscar heute gern besuchen.«

Dann habe ich es endlich kapiert: Er wollte über den Controller nicht mehr erzählen. Also habe ich nur gesagt: »Ich bin in einer Stunde da.«

Das war vor drei Minuten im Lift. Nun stehe ich in der Schleuse unserer Wohnung, und nichts passiert. Ich kann durch das dicke Glas meine Zimmertür sehen. Ich klopfe gegen die Scheibe, auch wenn das nichts ändert: Meine Mutter arbeitet um diese Zeit noch, und Oma lebt in ihrer eigenen Welt der Einsicht.

Es könnte sowieso keiner die Schleusentür öffnen, wenn es der Home-Controller nicht will. Im Notfall schafft das nur die Polizei, die Feuerwehr oder ein Arzt.

Endlich meldet sich mein Controller, und ich erfahre, was da so lange dauert: *Eine Woche persönlicher Sicherheitsmodus.*

Was? Wieso das? Mein Protector blinkt rot, und ich klopfe noch einmal gegen die Scheibe. Nein, es ist kein Klopfen mehr, eher ein Boxen. Die Hand tut mir weh, das ist egal, ich will hier jetzt raus!

Ich checke meine Körperdaten. Der kleine Ausflug hat mir in keiner Weise geschadet, und ich mache genug Sport, der lange Weg heute zu Fuß war kein Problem für mich. Ich bin ja nicht einmal gerannt. Sogar frisch antiseptiert bin ich, dank der mobilen Box neben dem Hochhaus.

Mein Controller am Handgelenk leuchtet noch einmal auf. Endlich bekomme ich den Grund für die Quarantäne zugeschickt. Es handelt sich um ein *großes Gesundheitsrisiko.* Und weiter steht da: *Ihr Aufenthaltsort war für vier Stunden und elf Minuten unbekannt. Grund war eine technische Störung. Wir bitten um Verständnis für diese Vorsichtsmaßnahme. Bleiben Sie gesund.*

Ich kann es nicht fassen. Die Schleuse öffnet sich, ich laufe in mein Zimmer und lasse mich auf mein Bett fallen. Was für ein Chaos!

Ich bin ab jetzt eine Woche in Quarantäne, und Samiras Eltern erwarten mich. Sie wollen mich in einer Stunde sehen und nicht erst in sieben Tagen. Und wenn ich nicht zu ihnen kann, erfahre ich nie, was mit Samira los ist. Wohin ist sie gegangen?

Ich kontaktiere wieder ihren Controller, und wieder meldet sich nur die viel zu freundliche Männerstimme:

*»Samira kann deinen Kontakt nicht entgegennehmen. Achte die GaR und bleib gesund!«*

Ich könnte auf Toko sauer sein, er hat mich in diese Situation gebracht, ohne ihn wäre ich nicht in Quarantäne. Aber natürlich bin ich ihm nicht böse. Er wusste sicher nicht, welche Probleme ich mit dem Störer bekomme. So oft wird Toko keinen Besuch von Nicht-Cleanern haben.

Und außerdem war es meine Entscheidung, ich wollte seine Welt kennenlernen. Aber eigentlich habe ich das gar nicht. Es war eher eine Zwischenwelt, also ein Ort, an dem Cleaner und Nicht-Cleaner zusammenkommen können.

Ich starre an die Decke und überlege, wo Samira sein könnte. Vielleicht ist ihr etwas zugestoßen? Das ist mein Problem, ich gehe oft vom Schlimmsten aus. Wenn Oma sich einmal nicht wohlfühlt, denke ich, sie wird sterben. Am nächsten Tag sind ihre Körperdaten wieder super. Und Samira geht es jetzt auch gut. Ganz bestimmt.

Ich kontaktiere meine Mutter, vielleicht kann sie helfen, ohne mich auszufragen.

Das klappt natürlich nicht. »Du bist im Sicherheitsmodus? Schon wieder?«

»Mir geht es sehr gut. Du siehst ja meine Werte. Alles im grünen Bereich.«

Meine Mutter sieht nicht nur meine Werte. »Wo bist du vier Stunden lang gewesen?«

Ich überlege ein paar Sekunden zu lang.

»Schilo, wo warst du den ganzen Tag?«

Mich ärgert ihr Ton, ich bin nicht mehr fünf. Und weil sie mir sowieso nicht glaubt, sage ich die Wahrheit. Wenn auch nicht die ganze, denn ich will Toko nicht in Schwierigkeiten bringen. »Ich war auf einer Party. Manche haben da nicht mal einen Protector oder ein Gesundvisier getragen. Alkohol gab es auch. Ich hab nur Orangensaft getrunken. Doch zwei haben sich sogar geküsst! Als ich die Zungen gesehen habe, bin ich allerdings umgekippt.«

Meine Mutter schweigt, dann sagt sie in Zeitlupe und ziemlich genervt: »Sehr lustig.« Und damit beendet sie den Kontakt einfach.

Doch keine zwei Minuten später meldet sie sich wieder. »Wieso lügst du mich an?«

»Tue ich nicht.«

Meine Mutter ist inzwischen richtig wütend auf mich. »Doch. Du warst auf keiner Party!«

»Wo sonst?«, frage ich.

»Im kleinen Park neben dem Haus.«

»Ich war im Park?«

»Neben dem Haus, ja. Du hast dort für deine Prüfung gelernt.«

»Ich habe im Park gelernt?«

»Keine Ahnung, wieso du das draußen machen musstest. Schilo-Schatz, der Park ist nicht besonders sauber. Aber gut, das ist wirklich deine Sache.«

Mein Protector blinkt nicht mehr rot. »Mum! Ich bin nicht mehr im Sicherheitsmodus!«

»Ich weiß, dein Aufenthaltsort ist ja jetzt geklärt. Du bist sicher. Ein Zeuge hat dich gesehen.«

»Ein Zeuge?«

»Ja, deswegen weiß ich ja auch, dass du im Park warst.«

»Aha. Wer hat mich denn vier Stunden im Park gesehen?«

Das Gesicht meiner Mutter auf dem Controller ist verschwunden, sie hat den Kontakt schon wieder einfach beendet.

Was soll das alles, ein Zeuge? Aber selbst wenn ich den ganzen Tag darüber nachdenke, finde ich wahrscheinlich keine Antwort. Und ich will jetzt zu Samiras Eltern, das ist wichtiger. Nur was trinken und essen muss ich vorher, sonst kippe ich heute noch einmal um.

In der Küche begrüße ich meine Oma hinter der Hygienescheibe. Sie lächelt mich an und winkt mir zu. Sie steht am kleinen Fenster neben dem Luftfilter. Und da fällt mir was auf.

Von hier sieht Oma direkt auf den kleinen Park gegenüber.

# 25

Ich sitze mit einer heißen Expresspackung von Gesund-und-Fertig© am Küchentisch. Aufwärmen und essen dauert nur vier Minuten. Mehr Zeit habe ich nicht, Samiras Eltern warten auf mich. Omas Essen ist noch in ihrer Mikrowelle.

»Ich muss gleich los«, sage ich ihr.

Oma nickt. »Immer auf Achse, was?«

Wir sprechen kein Wort über ihre Aussage als Zeuge. Oma ist vorsichtig bei solchen Sachen, wie ich inzwischen weiß. Dass Opa lebt, hat sie mir heimlich mit Lippenstift auf einer Buchseite mitgeteilt. Sie würde mir jetzt nicht über den Controller erklären, warum sie für mich gelogen hat.

Ich stelle das Besteck in die Spülmaschine und winke Oma zu. »Entschuldige bitte, Samiras Eltern warten.«

»Gelernt hast du heute ja genug im Park«, sagt Oma. Sie zwinkert mir zu. »Und wieso warten Samiras Eltern auf dich?«

»Samira ist verschwunden.«

Oma lächelt schon wieder, und ich finde es nicht sehr passend. Sie denkt in eine ganz andere Richtung als ich. »Ja, in dem Alter macht man verrückte Sachen.«

Ich werfe die leere Expresspackung von Gesund-und-Fertig© in den Recycler. »Ich muss sie suchen.«

»Das musst du in der Tat. Man hat nur eine beste Freundin.«

Typisch Oma. Sie ist in der Zeit vor der *Großen Pandemie* aufgewachsen und hatte sicherlich viele Freundinnen und Freunde. Heute darf man ja nur eine Kontaktperson registrieren, und die ist logischerweise die beste Freundin.

In der U-Bahn bekomme ich eine Kabine mit Sitzplatz. Die Pendler sind bereits zu Hause, und die Reservierung war kurz vor Abfahrt möglich. Mein Controller leuchtet auf, und ich sehe meine Mutter. »Schilo-Schatz. Es ist spät. Wieso fährst du zu Samira?«

Meine Mutter macht mich wütend. Wieso mischt sie sich in mein Leben ein? Hat sie kein eigenes, und kann sie sich nicht selbst mit Fragen nerven?

»Verfolgst du mich etwa? Das geht dich jetzt nichts an.«

»Tut es sehr wohl«, sagt meine Mutter streng. »Es betrifft uns beide.«

»Wieso dich?« Noch bin ich leise, aber in mir kocht es.

»Deine registrierte Kontaktperson tut uns nicht gut.«

»Uns?«, frage ich laut. Ich kann nicht glauben, was sie da sagt.

»Ja. Uns beiden. Samiras Familie ist hier im Ministerium oft ein Thema.«

»Ist ja kein Wunder!«, schreie ich fast schon. »Samiras Bruder verhungert wegen euch.«

»Schilo!« Wenn sie nur *Schilo* sagt und nicht *Schilo-*

*Schatz*, ist es ernst. »Ich mache nur meine Arbeit. Und ich bezahle die Miete, das Essen, dein Homelearning, selbst dein U-Bahn-Ticket gerade.«

»Und? Deswegen darfst du nicht über mein Leben bestimmen.« Ich schaue nicht auf den Controller, ich will ihren Gesichtsausdruck nicht sehen. Ich will nur ankommen und endlich wissen, was los ist bei Samira.

Als ich mein Abteil der U-Bahn verlasse, zischt das Antisept in den Raum. Der nächste Fahrgast kann den Platz nutzen. Samiras Wohnung erreiche ich kurz darauf. Hinter der Schleuse stehen ihre Eltern und erwarten mich. Sie führen mich in die Küche, und wir bleiben vor der Hygienescheibe stehen.

Das Glas sieht aus wie ein Puzzle, als wäre es aus tausend Teilen zusammengesetzt.

»Sicherheitsglas«, sagt Samiras Mutter. »Samira hat es nicht kaputt bekommen.«

»Sie wollte da rein?«, frage ich.

Samiras Vater stellt mir ein Glas Wasser auf den Tisch. Ich trinke es sofort aus, und er füllt es wieder auf. »Wir glauben eher, sie wollte Oscar rausholen.«

Oscar! Erst jetzt entdecke ich ihn. Er liegt zusammengerollt auf dem Boden direkt neben der Scheibe, die Beine fest umschlungen.

»Ist ihm was passiert?«

Sein Vater wischt über seinen Controller. Kurz darauf sehe ich Oscars Werte auf meiner Anzeige. Ich überprüfe die Körperdaten, nein, ihm ist nichts passiert. Er schläft nur.

»Und wo ist Samira?«

Ihre Mutter setzt sich auf den Tisch. »Die Polizei hat sie abgeholt.«

»Die Polizei?«

In ihren Augen bilden sich Tränen. »Zum Selbstschutz, haben sie gesagt.«

*Selbstschutz.* Ich will nicht lange über dieses Wort nachdenken, aber es klingt so, als hätten die Polizisten Samira gerettet. Dabei haben sie meine Freundin verhaftet. So hört sich das zumindest für mich an.

»Und was hat die Polizei ihr vorgeworfen?«

Ihre Mutter dreht das Glas in der Hand, und ein paar Tropfen Wasser schwappen über. »Das mit der Scheibe sei ein klarer Verstoß gegen die Gesetze der absoluten Reinheit.« Sie macht eine Pause und holt erst mal Luft. »Und gegen andere Gesetze auch. Die Scheibe gehört dem Vermieter, genauso wie der Raum der Einsicht. Als der Alarm losging, kam nicht nur die Polizei, sondern noch einer von der Hausverwaltung.«

»Und wo haben sie Samira hingebracht?«

Ihre Eltern schauen sich an. Wieso sagen sie nichts? Ist ihr etwas zugestoßen? Hat sie sich gewehrt? Hat sie sich losgerissen und ist einfach fort?

Erst als ich mich neben Samiras Mutter auf den Tisch setze und noch einen Schluck Wasser trinke, spricht sie. »Sie haben sie in die Motivation Academy gebracht.«

»Was für eine Academy?«

Samiras Eltern sind fertig mit den Nerven, die können nicht mehr antworten. Ich habe wirklich nie davon gehört, also suche ich mit meinem Controller nach den zwei Wörtern *Motivation Academy*. Aber es gibt keinen einzigen Treffer, der Sinn ergibt. Ich finde keine offiziellen Filme, Fotos oder Texte, nichts! Also kann es so eine Academy nicht geben.

Samiras Vater schaut zu, wie ich über meinen Controller wische. Er räuspert sich, versucht, seine Stimme zu finden. »Da steht nichts. Wir haben auch schon nachgeschaut.«

»Sie ist an einem Ort, den es nicht gibt?«, frage ich.

Er blickt mich ernst an. »Die Polizistin hat gesagt, sie ist an einem Ort, an dem jeder lernt, was gesund ist.«

Ich knie mich auf den Boden und schaue Oscar an. Seine Augen sind geöffnet, also ist er wach geworden, aber er schaut durch mich hindurch. Ich zwinge mich zu einem Lächeln, so schwer es mir gerade fällt. Seine Lippen bleiben regungslos. Sie sind trocken und rissig. Ich will nicht vor ihm weinen und drehe mich von ihm weg.

Samiras Mutter begleitet mich zur Schleuse. »Die Polizei meinte, wir dürfen Samira morgen besuchen.«

»Wie kommt ihr hin, wenn es keine Adresse gibt?«

»Wir werden abgeholt und hingebracht.«

## 26

Als ich zu Hause ankomme, ist es dunkel. Kaum trete ich aus der Schleuse, höre ich die Stimme meiner Mutter. Warum ist sie jetzt schon hier?

Meine Mutter sitzt in der Küche, und ich gehe zu ihr. Sie sieht mich und geht an mir vorbei in mein Zimmer. Von dort ruft sie mir zu: »Ich muss mit dir reden.«

Ich winke Oma, sie beachtet mich gar nicht. Sie schaut aus dem kleinen Fenster zum Park. Bei der Dunkelheit ist dort sicher nichts mehr zu erkennen. Ich will sie kontaktieren, aber der Lautsprecher des Controllers ist deaktiviert. Worüber haben sie gerade eben gesprochen?

»Wo bist du?«, ruft meine Mutter aus meinem Zimmer.

Sie sitzt auf meinem Bett, ich stelle mich davor und verschränke die Arme. Es soll nicht so aussehen, als hätte ich Lust auf ein langes Gespräch. Bevor sie anfängt, frage ich sie etwas. »Was ist eine Motivation Academy?«

»Ein Ort, an dem Samira sicher ist.«

»Aha«, sage ich nur, weil ihr Satz ja überhaupt keine Informationen beinhaltet.

»Schilo-Schatz. Jeder kann lernen, was gesund ist. Deswegen gibt es diesen Ort.« Meine Mutter blickt auf ihren Controller. Ich hasse es, wenn sie das macht, während wir reden. Es ist so, als würde sie dort ihren Text ablesen. »Samira geht es gut.«

»Und wieso wolltest du mit mir reden?«, frage ich.

Sie schlägt die Beine übereinander. »Was haben Samiras Eltern gesagt?«

»Du willst nicht mit mir reden. Du willst mich ausfragen!«

»Es sind immerhin die Eltern deiner Kontaktperson.«

»*Meiner* Kontaktperson. Richtig, Mum. Das hat nichts mit dir zu tun. Hab ich dir schon oft gesagt!«

Meine Mutter schüttelt den Kopf und verlässt mein Zimmer. »Ich mach mir nur Sorgen um dich.«

Ich liege im Bett und denke über ihren Satz nach. Er ist nicht ehrlich, finde ich, sie ist nicht so sehr wegen mir besorgt, sondern vor allem wegen sich selbst. Aber ich kann mir doch keine Freundin suchen, die zu ihrer Arbeit passt!

Stunden später zischt endlich die Schleuse. Die Party mit Toko liegt erst einen halben Tag zurück, aber ich vermisse ihn. Und ich muss mit jemandem über alles reden.

Ich begrüße ihn nicht einmal richtig, sondern poltere gleich los. »Die Polizei hat Samira abgeholt!«

»Was?«

Ich erzähle ihm alles, fange dabei an zu weinen, und Toko umarmt mich.

Ich lege meinen Kopf auf seine Schulter. »Oscar und Samira drehen durch.«

Toko nickt. »Für sie ist Cleanland das falsche Land.«

Wir schauen uns an, und ich hab nur einen Gedanken. So verrückt er ist, ich muss ihn mit Toko teilen. »Vielleicht ist für uns beide Cleanland auch das falsche Land.«

Toko findet das offenbar nicht so verrückt wie ich. Im Gegenteil, er wirkt sehr nachdenklich. »Du willst weg von hier?«

»Würdest du mitkommen?«

»Ich bin Cleaner. Ich hab nicht viel zu verlieren. Du schon.«

Ich drücke mich fester an ihn, wir bewegen uns wie bei der Party. Nur die Musik fehlt, dafür höre ich seinen Atem, und das beruhigt mich.

Doch plötzlich spüre ich mein Herz bis zum Hals pochen: Ich trage kein Gesundvisier!

Ich stoße mich von Toko weg. »Entschuldige, mein Visier!«

Als ich meinen Schutz angelegt habe, ist der Moment vorüber. Wir stehen zwei Meter voneinander entfernt.

»Ist nicht schlimm«, sagt Toko. »Ich hab meins doch getragen.« Er lächelt mir zu. »Und außerhalb von Cleanland hat so was, glaube ich, keiner die ganze Zeit an.«

Stimmt, ich war panisch – wieder einmal. Wieso kann ich nicht ein bisschen mehr wie Samira sein? Aber vielleicht wäre ich dann auch in der Motivation Academy.

# 27

Am nächsten Tag versuche ich, Samiras Eltern zu erreichen. Sie nehmen meinen Kontakt erst am Abend an. Waren sie so lange in der Motivation Academy? Darf man den ganzen Tag dort als Besucher verbringen? So schlimm kann es also nicht sein. Aber wieso finde ich dann nirgends etwas über diesen Ort?

»Und?«, frage ich Samiras Vater.

»Ihr geht es gut«, sagt er. Mehr nicht. Erst denke ich, da kommt noch etwas, aber er schweigt.

Ich bin so froh, ihn endlich erreicht zu haben. »Was ist denn die Academy? Wie sieht es da aus? Was macht Samira den ganzen Tag?« Das waren zu viele Fragen auf einmal, aber ich will nun einmal alles wissen.

Samiras Vater macht eine lange Pause. »Ihr geht es gut.«

Hat er mir das nicht eben schon gesagt? Und meine Mum gestern Abend auch schon? Bevor ich weiterfragen kann, beendet er den Kontakt.

Ich versuche es noch einmal. Samiras Mutter meldet sich und klingt so, als hätte sie den Tag durchgeweint. »Wenn Samira alle Regeln befolgt, kommt sie bald wieder nach Hause.«

Sie hört auf zu sprechen.

»Wenn sie alle Regeln befolgt?«, frage ich.

Doch da ist der Kontakt auch schon wieder weg.

*Alle Regeln befolgen* – das klingt wie bei Oscar. Und der darf den Raum der Einsicht inzwischen erst nach Monaten verlassen, wenn überhaupt.

Wenn ich herausfinden will, ob es Samira wirklich gut geht und was das für ein Ort ist, gibt es nur einen Weg.

»Schilo-Schatz?«, meldet sich meine Mutter. »Ist etwas mit Oma?«

Seit Omas Salz-Suche rechnet sie mit dem Schlimmsten.

»Es geht um Samira. Ich muss sie sehen.«

»Du willst Samira besuchen?« Ich erwarte, dass sie den Kontakt beendet, so wie es eben Samiras Eltern getan haben. Stattdessen sagt sie: »Warte!«, und ich höre die Melodie der Warteschleife.

Minuten vergehen, und ich will gerade auflegen, da meldet sich meine Mutter wieder. »Ein Kollege von mir kann das veranlassen.«

»R-21?«, frage ich.

Meine Mutter geht nicht darauf ein. »In fünf Tagen, vorher ist das nicht möglich. Sprich dann bitte mit Samira, sie muss sich mehr zusammenreißen, die GaR achten, die Regeln befolgen, so schwer kann das nicht sein.«

Samira soll sich *mehr zusammenreißen*? Das könnte sie schaffen. Klar! Aber wie lange? Sie kann sich nicht ein ganzes Leben lang verstellen. Und Oscar kann das erst recht nicht!

»Sag deiner Freundin, sie soll die Maßnahmen akzeptieren. Dann wird alles gut.«

Logisch, denke ich. Samira ist sehr offen für solche Ratschläge. Auf mich hört sie garantiert genauso wenig wie aufs Ministerium. Sie hat ihren eigenen Kopf, und in dem geht es gerade nur um ihren kleinen Bruder.

»Schaffst du das?«, fragt meine Mutter.

»Kein Problem«, sage ich. Das ist eine Lüge, aber habe ich eine Wahl?

»Du besuchst sie also in fünf Tagen?«

»Ja.«

Ich muss nach dem Gespräch erst mal schlucken. Meine Mutter tut mir keinen Gefallen. Sie führt einen Arbeitsauftrag aus, und der lautet: Samira beachtet die GaR nicht, also sorge dafür, dass deine Tochter sie dazu bringt.

Natürlich will ich, dass sie wieder nach Hause darf. Aber ich will nicht der Handlanger vom Ministerium sein. Also was soll ich jetzt machen? Was hilft Samira wirklich? Worüber würde *ich* mich freuen? Vermutlich nur über eines: das Gesicht von Samira.

# 28

Fünf Tage später stehen Polizisten vor dem Eingang der Wohnung. Ich habe mit meiner Oma gefrühstückt, meine Mutter hat mich zweimal angerufen und zweimal genau dasselbe gesagt: »Schilo-Schatz. Wenn Samira die Maßnahmen beachtet, wird alles gut. Erklär ihr das.«

Ich verlasse die Wohnung und staune. Die Polizisten tragen weder den blau leuchtenden Protector noch sind sie bewaffnet. Stattdessen haben sie einen normalen Protector wie ich. Einer von ihnen hält mir den Controller entgegen, ich scanne den Code mit meinem Gerät, und das bestätigt ihre Identität. Es sind echte Polizisten.

Auf dem Weg zum Bus reden wir nicht viel. Und auch wenn sie keine Waffen tragen und keine blauen Protectoren, fühle ich mich so, als wäre ich verhaftet worden. Der Bus ist doppelstöckig, dunkelblau und hat getönte Fensterscheiben. Drinnen wird mir eine Kabine zugewiesen, die so aussieht wie ein Einzelabteil in der U-Bahn.

Sitzen in diesem Bus nur Besucher wie ich, oder sind hier auch Menschen wie Samira, also Leute, die in der Academy bleiben müssen? Und wer muss eigentlich dorthin? Jeder, der zu oft gegen die GaR verstößt?

Samira hat das nur ein einziges Mal so richtig getan.

Na gut, sie hat einen Saferoom beschädigt, das wiegt sicher schwer. Und manchmal verzichtet sie auf den Nachtheiler. Aber das ist doch alles kein Grund, um von Polizisten weggebracht zu werden!

Der Bus fährt auf die Schnellstraße, die Gegend kenne ich nicht. Am Horizont sehe ich graue Wohnblöcke, sie müssen riesig sein. Wohnt Toko dort? Ich versuche, mehr zu erkennen, doch mein Fenster färbt sich schwarz. Das Logo des Ministeriums für Reinheit erscheint. Da, wo ich eben Wohnblöcke sah, steht nun: *Willkommen in der Motivation Academy.*

Die Schrift löst sich auf, und ein Mann vom Ministerium lächelt mir entgegen. Ich würde lieber wieder die Schnellstraße sehen, aber ich hab keine Wahl.

Er zählt eine lange Liste auf, was ich zu beachten habe: Die Besuchszeit beträgt fünfzehn Minuten. Es ist verboten, hinterher etwas über diesen Besuch zu berichten. Ich darf weder diese Fahrt beschreiben noch den Ort, den ich gleich sehen werde. Das sei strafbar und würde in Echtzeit gelöscht werden. Und dann verkündet er strahlend: »Zu Ihrem eigenen Schutz werden wir nun Ihren Controller deaktivieren.«

Ich schaue auf mein Handgelenk und sehe, dass sie das wirklich einfach so tun können. Das Gerät ist tot – als hätte ich den Störer benutzt, doch der steckt zu Hause in Opas Buch.

»Die Motivation Academy ist ein großartiger Ort«, sagt der Mann zum Abschluss. »Sie ist ein Ort voller Chancen.«

Wieder ist das Logo des Ministeriums zu sehen. Und dann steht da nur minutenlang: *Motivation Academy – jeder kann lernen, was gesund ist.*

Der Bus hält an. Meine Einzelkabine öffnet sich, und ein Mann im blauen Protector begrüßt mich. Wir steigen gemeinsam aus. Ich erkenne eine Tiefgarage, links und rechts von uns parken weitere Busse, bestimmt ein Dutzend.

Wir gehen durch eine gläserne Drehtür, dann stehe ich in einer Schleuse. Ich muss die Arme hochhalten, die Beine leicht seitlich stellen. Ein Gerät umrundet meinen Körper und leuchtet grün.

»Alles klar«, sagt der Polizist und winkt mich hinter sich her. Wir müssen durch zwei weitere Schleusen. Andere Menschen aus dem Bus sehe ich nicht, offenbar werden wir nach und nach hier durchgeführt. »Da sind wir.«

Er zeigt auf einen Eingang mit der Aufschrift *Warteraum*. Die Tür gleitet auf, und eine ältere Frau empfängt mich. Sie lächelt mich an, winkt mich hinein und zeigt auf eine freie Bank. An die zwanzig Personen sind hier, aber es waren doch viel mehr Busse. Wo sind die Leute alle? Dann sehe ich eine zweistellige Nummer an der Wand. Es muss also mehrere Warteräume geben.

»Dauert es lange?«, frage ich die ältere Frau.

»Leider.«

Während ich sitze, warte und mich langweile, kommen weitere Menschen herein. Alle fünfzehn Minuten wird ein Name genannt, jemand steht auf und geht durch die Tür mit der Aufschrift *Besucherraum*. Das kann ewig dauern.

Der Ausgang muss woanders sein, denn keiner kommt durch diese Tür zurück. An den Wänden ist immer das Gleiche zu sehen: Erst zeigen sie kleine Werbefilme für die GaR, wie sie vor den Serien und dem Homelearning laufen. Danach kommen die Regeln, die wir alle in dieser Academy beachten müssen. Es ist der Film mit dem lächelnden Mitarbeiter vom Ministerium, der schon im Bus lief.

Als ich aufgerufen werde, zucke ich zusammen. Bin ich eingeschlafen? Es wäre kein Wunder nach den kurzen Nächten.

Die Tür zum *Besucherraum* geht auf, und ich stehe gar nicht in einem Raum. Es ist vielmehr ein langer Korridor. Links und rechts sind getönte Scheiben, da ist nichts zu erkennen. Ein weiterer Mitarbeiter mit blauem Protector empfängt mich.

Wir gehen an den getönten Scheiben entlang, und an einer Stelle bleibt der Mann stehen. Er wischt über seinen Controller, das Fenster verliert die Tönung, ist jetzt glasklar, und ich sehe ein Zimmer. Ein Stuhl und ein Tisch sind direkt vor der Scheibe angebracht. Sie sind aus Metall und sehen aus, als wären sie am Boden festgeschraubt.

Die Wände sind grau, oben in den Ecken entdecke ich Kameras. Sie blinken hinter dicken Glaswürfeln, vermutlich aus Panzerglas, wie alles hier. An der Decke verläuft hinter einem Gitter der Lüftungsschacht.

Das Bett ist am anderen Ende des Zimmers, doch von Samira fehlt jede Spur. Wird sie erst noch in den Raum gebracht? An der großen Scheibe zwischen uns sehe ich eine Glastür. Ich warte, bis sie sich für mich öffnet, aber nichts geschieht. Bleibt die verschlossen? Was ist das dann für ein Besuch? Ist das hier so etwas wie ein Saferoom?

»Fünfzehn Minuten«, sagt der Mann im blauen Protector.

»Ich weiß«, sage ich so ruhig wie möglich. Wieso bringen sie nicht endlich Samira?

Der Mann bleibt dicht neben mir stehen, er geht nicht einmal einen Schritt zur Seite. Von wegen Abstand! Er bemerkt meinen wütenden Blick.

»Tut mir leid«, sagt er. »Das sind die Regeln.«

Ich bin mir nicht sicher, ob das stimmt. Vielleicht haben die Mitarbeiter hier ein paar Regeln dazuerfunden, zur Sicherheit oder nur aus Langeweile. Egal, Samira und ich haben keine Wahl, der Kerl bleibt sowieso hier.

»Wo ist Samira?«, frage ich ihn.

Er nickt in den Raum, und ich folge seinem Blick zum Bett. Samira liegt nicht darin, sondern darunter auf dem Boden und hat sich in ihre Decke eingewickelt.

»Samira!«, rufe ich.

Sie reagiert nicht, und der Mann neben mir zeigt auf eine Stelle an der Scheibe. Da ist eine Anzeige wie bei meinem Controller, nur sehe ich nicht meine, sondern Samiras Körperdaten. Sie ist okay.

Samiras Name ist dort zu lesen, ihre Adresse und ihr

Bewegungsprofil der letzten sechs Monate. Ich erkenne die Orte, an denen wir gemeinsam waren, die Parks zum Joggen und die Schulbasis für die Prüfungen.

Weiter lese ich ihr Alter, das Alter ihrer Eltern und von Oscar. Mein Name steht hinter *registrierte Kontaktperson von Social Health – zu viel macht krank©*. Auch meine Adresse und mein Alter sind aufgeführt. Und dann steht da: *Grund der Maßnahme: unsoziales Verhalten, massiver Verstoß gegen die GaR. Ende der Maßnahme: unbestimmt.*

# 29

*Unbestimmt?* Als ich mit Samiras Eltern gesprochen habe, war von zwei Wochen die Rede. Ich muss mich an der Scheibe festhalten, um nicht umzukippen. Nicht schon wieder, denke ich. Mein Kreislauf ist wirklich unten. Ich schlafe zu wenig, und das hier kostet alles zu viel Kraft.

Aber Samira braucht mich jetzt. Ich drücke auf die »Kontakt«-Anzeige auf der Scheibe.

Nichts passiert, und ich schaue zum Mann neben mir. Er wischt über seinen Controller, spielt irgendwas mit bunten Raumschiffen.

»Schläft sie den ganzen Tag?«

Er antwortet, ohne aufzuschauen, das Spiel ist gerade wichtiger für ihn. »Die sind hier alle ziemlich müde, die hört deinen Kontaktversuch bestimmt gleich.«

Ich warte und muss mich zusammenreißen. Ich ahne den Grund für Samiras Müdigkeit: An diesem Ort wird es nicht nur Nachtheiler geben, sondern auch Tagheiler. Zumindest für die, die nicht mitmachen, die rebellieren, die so sind wie Oscar und Samira. Und ich hab so langsam die Vermutung, dieser Korridor hier ist für die schweren Fälle. Denn das hat ja alles mit einer Academy überhaupt nichts zu tun!

Nach einer ewigen Minute bewegt sich die Decke

unter dem Bett. Samira rollt sich unter dem Gestell hervor, richtet sich auf, reibt sich die Augen, gähnt und lässt den Kopf hängen. Es dauert eine weitere Minute, bis sie endlich mit den Blicken den Raum absucht.

Es sieht aus, als müsste sie selbst erst überlegen, wo sie gerade ist, wieso das alles so anders aussieht als ihre Wohnung zu Hause. Hier in diesem Zimmer gibt es nicht einmal Fenster, nur diese große Scheibe zwischen uns. Und dann entdeckt sie mich.

Sie zieht sich am Bettrand hoch und kommt in Zeitlupe auf mich zu. Sie schwankt ziemlich und muss sich an der Scheibe festhalten. Mit der Hand wischt sie über eine Stelle und drückt ihr Gesicht gegen die Scheibe.

Keiner von uns spricht. Ich habe einen Kloß im Hals und weiß auf einmal nicht mehr, was ich sagen soll. Auch ich drücke mein Gesicht gegen das Glas und schließe die Augen.

»Nicht so nah ran. Noch acht Minuten«, sagt der Mann neben mir.

Egal, was Samiras Eltern und meine Mutter von mir hier erwarten, ich kann es nicht. Was soll ich Samira sagen? Alles wird gut, wenn sie nur mitmacht? Sie ist gerade gar nicht sie selbst. Sie ist ein Pillen-Zombie.

»Oscar wird es bald verstehen«, sagt Samira. Sie spricht langsam und dehnt manche Buchstaben. *Oscaaaar wird es baaaald veeeeersteheeeen.*

Ich mache die Augen auf. »Was verstehen? Wovon sprichst du?«

Sie spricht weiter im gleichen Ton. »Ich helfe ihm dabei.«

»Wobei denn?«

»Rein zu sein. Regeln einzuhalten. So was halt.«

Mir kommen Tränen. »So was halt?«

»Reinheit bietet Schutz«, sagt Samira.

Weitere Tränen kullern über meine Wangen.

»Gesundheit …«, sagt Samira und setzt sich auf den Tisch. »… ist wichtiger als Freiheit. Fünftes Gesetz.«

»Runter!«, sagt eine Stimme sehr laut bei ihr im Raum. Sie muss aus den Lautsprechern kommen. »Nicht auf dem Tisch sitzen!«

Samira rutscht vom Tisch und setzt sich auf den Stuhl.

Die Stimme aus dem Lautsprecher klingt nicht mehr so streng. »Reinheit bietet Schutz. Erstes Gesetz.«

Samira nickt.

»Wiederhole!«, sagt die Stimme.

Samira zittert, aber sie spricht deutlich. »Reinheit bietet Schutz. Erstes Gesetz.«

Ich denke an die Werbefilme aus dem Bus und dem Warteraum. *Motivation Academy – jeder kann lernen, was gesund ist.*

Was hat meine Mutter gesagt? Ich soll Samira davon überzeugen, die Maßnahmen zu akzeptieren. Was soll sie denn noch machen? Sie schluckt die Pillen. Sie wiederholt wie ein Roboter die Gesetze der absoluten Reinheit. Sie macht doch alles!

Samira und ich schweigen uns an. Ich bekomme

kein Wort heraus. Alles ist belanglos im Vergleich zu dem, was sie hier durchmacht.

»Noch vier Minuten«, sagt der Mann neben mir und starrt weiter auf seine bunten Raumschiffe. Immerhin hat er den Ton ausgeschaltet.

Samira blickt zu ihm und nicht mehr zu mir. Sie sieht so erstaunt aus, als hätte sie ihn soeben erst entdeckt. »Ich werde eine gute Schwester sein.«

Der Mann reagiert nicht, er nickt nicht einmal, zockt weiter.

»Ich bin eine gute Schwester, hören Sie?«

»Samira«, sage ich, und langsam dreht sie den Kopf von ihm wieder zu mir. Zum ersten Mal hab ich das Gefühl, dass sie mich so richtig erkennt.

»Schilo! Du holst mich hier auf keinen Fall raus!«

Der Mann wischt sein Spiel weg. »Na, na, na … was soll das denn jetzt?«

»Niemals!«, sagt sie lauter. »Hörst du?«

Der Mann geht zur Anzeige an der Scheibe. »Der Besuch ist hiermit zu Ende.«

»Auf keinen Fall!«, schreit sie.

Die Scheibe tönt sich dunkel, noch sehe ich die Umrisse von Samira. Sie schreit: »Niemals! Niemals holst du mich raus!«

Ich höre es nicht, sehe aber ihren Mund. Bis alles schwarz ist, so schwarz wie die Scheiben links und rechts von ihr.

Der Mann mit dem Raumschiffspiel schüttelt den Kopf und zeigt zu einer Tür, über der *Ausgang* steht.

»Keine Sorge. Deine Freundin bekommen wir wieder hin.«

Er läuft hinter mir und kann nicht sehen, wie ich weine, wie mein ganzer Körper bebt.

»Die funktioniert bald wieder«, sagt er.

Dieser Mann kennt nur sein Spiel mit den bunten Raumschiffen, unser Spiel kennt er nicht. Wenn Samira in so einer Situation NIEMALS brüllt, dann bedeutet es nur eines: Samira will hier raus. So schnell wie möglich.

# 30

Im Bus sitze ich in derselben Kabine wie auf dem Hinweg. Im schwarzen Fenster erscheint das Logo des Ministeriums. »Danke für Ihren Besuch der Motivation Academy«, sagt der Mann von der Hinfahrt. Danach steht kilometerlang auf dem Fenster nur *Motivation Academy – jeder kann lernen, was gesund ist.*

Irgendwann löst sich der Spruch auf, und ich kann aus dem Fenster schauen. Hinter mir sehe ich die grauen Wohnblöcke, vor mir die Innenstadt mit den verglasten Hochhäusern. Mein Controller leuchtet, er funktioniert wieder.

Als ich bei unserem Hochhaus aus dem Bus steige, gehe ich die Straße runter zur U-Bahn. Ich kann jetzt nicht nach Hause, ich muss zu Samiras Eltern.

Eine halbe Stunde später stehen wir zwischen ihren Arbeitsboxen im Flur. Über die Academy müssen wir nicht reden. Sie waren schon dort und kennen den Ort genauso gut wie ich.

»Samira will so schnell wie möglich raus«, sage ich.

Die Eltern weinen, und mir fällt es schwer, selbst nicht wieder damit anzufangen. Aber mit unseren Tränen können wir Samira nicht helfen.

»Raus? Aber wohin denn?«, schluchzt ihr Vater.

Und dann erzähle ich ihnen endlich, wovon Toko

und ich gesprochen haben. Vielleicht war das anfangs gar nicht so ernst gemeint mit dem Abhauen. Aber für mich hat sich das heute in der Motivation Academy endgültig geändert.

Samiras Mutter legt mir ihre Hand auf die Schulter, und dann umarmt sie mich. Mein Körper spannt sich an, ich kenne diese Berührung nur von Samira und Toko. Meine Mutter hat mich seit Jahren nicht mehr so berührt. Ich komme mit der Nähe nicht zurecht, das merkt Samiras Mutter, und sie lässt mich los. »Du hast doch Prüfungen. Die sind wichtig. Geh nach Hause und ruh dich aus.«

Vielleicht will sie nur das Thema wechseln. Doch das geht nicht so einfach. Wir haben immer irgendwelche Prüfungen. *Wir*, nicht nur *ich*.

»Samira hat auch Prüfungen«, sage ich leise.

Selbst wenn sie die in der Academy machen darf, ist sie nicht in der Verfassung dazu. Sie kann nicht einmal gerade stehen, wie soll sie da komplizierte Aufgaben lösen?

Samiras Eltern laden mich zum Abendessen ein. Ich lehne ab, will aber unbedingt kurz in die Küche, um Samiras Bruder zu sehen. »Darf ich zu Oscar?«

»Du gehörst zur Familie«, sagt Samiras Vater. »Und du wirst gleich staunen!«

Ich gehe zur Hygienescheibe. Oscar liegt nicht mehr zusammengerollt auf dem Boden. Er sitzt im Schneidersitz auf der Matratze, sieht mich und springt auf.

»Schilo!«, ruft er in seinen Controller. Dann holt er

sich ein Glas Wasser aus der Kochecke. Er trinkt wieder etwas! Ich strahle vor Freude, und er grinst zurück. Was immer geschehen ist in den letzten Tagen, er wirkt wie ausgewechselt.

»Schön, dich etwas trinken zu sehen.«

Er setzt sich auf den Tisch vor die Scheibe und prostet mir zu. »Ich muss ja stark sein.«

Er hüpft vom Tisch und zeigt mir eine leere Packung *Gesund-und-Fertig*©. Der Inhalt liegt nicht auf dem Boden, offenbar hat er wirklich etwas gegessen. Wir sprechen kurz miteinander, und ich lege zum Abschied meine Hand auf die Scheibe. Er drückt seine von der anderen Seite dagegen.

Auf dem Weg zur Schleuse warten Samiras Eltern auf mich. Es scheint, als hätten sie sich keinen Zentimeter bewegt seit unserem Gespräch.

»Oscar sieht sehr gut aus!«

»Ja, er will stark sein«, sagt Samiras Vater vorsichtig. Was beunruhigt ihn so? Wenn Oscar wieder trinkt und isst, ist das doch eine gute Nachricht.

»Das hat er mir auch erzählt.«

»Hat er dir gesagt, wieso er stark sein will?«

»Nein.«

Sein Vater spricht leise, aber ich kann jedes Wort verstehen. »Weil er Samira befreien will.«

Ich kann es nicht fassen. »Das hat er wirklich gesagt?«

»Er spricht von nichts anderem mehr.« Samiras Vater wischt über seinen Controller und sendet mir etwas zu.

Es ist eine Weiterleitung, eine Nachricht vom Ministerium für Reinheit. Oscars Restzeit im Raum der Einsicht hat sich verändert. Es steht kein Tag und kein Monat mehr dort, sondern nur ein Wort. Und das Wort habe ich heute schon einmal gelesen, bei Samira an der Scheibe: *unbestimmt*.

Mitten in der Nacht schrecke ich hoch. Toko kniet neben meinem Bett und lächelt mich durch sein Gesundvisier an. Er streichelt über meinen Arm. Ich war ganz ohne Nachtheiler sofort eingeschlafen. Der Tag mit dem Besuch der Academy und Samiras Eltern war zu viel für mich.

»Ich helfe dir«, sage ich zu Toko und merke, es ist zu spät dafür. Der Boden glitzert vom Antisept. »Wieso hast du mich nicht geweckt?«

»Deine Körperwerte sehen nicht gut aus. Du brauchst den Schlaf.«

Warum soll ich Toko widersprechen, er hat recht. Ich bin erschöpft, und ich freue mich auf das Weiterschlafen. Aber nicht jetzt, solange er da ist.

»Wie viel Zeit bleibt uns?«

Er schaut auf seinen Controller. »In zwei Minuten muss ich durch die Schleuse zur nächsten Wohnung.«

Toko sieht natürlich, wie traurig mich das macht. Und wie soll ich ihm in zwei Minuten von meinem Besuch bei Samira erzählen und der Academy? Das geht nicht. Aber für die wichtigste Frage ist Zeit. »Wann wollen wir abhauen?«

Toko flüstert auf einmal. »In die Sicklands?«

»Mit Samira und Oscar.«

Toko starrt mich an. »Du willst das echt durchziehen?«

Ich nehme seine Hände und halte sie fest. »Und du? Könntest du hier alles aufgeben?«

Er zeigt auf den Desinfikator. »Also den hier werde ich wirklich vermissen.«

Ich muss lachen, aber das kommt von der Aufregung.

Toko lacht nicht. »Und was, wenn wir dort krank werden?«

»Dann werden wir krank. Aber hier haben wir keine Zukunft! Was bringt da die ganze Sicherheit?«

Tokos Controller leuchtet, er muss weiter, und ich lasse seine Hände los.

# 31

Eine Woche diskutieren wir Nacht für Nacht. Für mich steht alles fest, ich will raus, will es riskieren. Toko ist skeptisch und sieht die Gefahren. Doch von Tag zu Tag bröckelt sein Widerstand, und er muss sich eingestehen: Wenn wir nicht abhauen, dann ist es vorbei mit uns, weil wir nicht ewig nur nachts für ein paar Minuten zusammen sein können. Und wenn, dann würden wir früher oder später sowieso damit auffliegen.

Nach sieben Nächten diskutieren wir nicht mehr. Er umarmt mich. »Sie wollen sich direkt bei dir melden.«

»Sie?«

»Ich hab dir doch von den Händlern erzählt?«

»Von denen du den Störer hast?«

»Sie beliefern angeblich auch eine Gruppe, die uns helfen könnte.«

Weitere Tage vergehen, doch keiner von diesen Leuten meldet sich. Und ich habe eine Vermutung: Unsere Frage ist einfach zu verrückt – oder zu gefährlich.

Inzwischen haben wir einen Weg gefunden, wie mein Schlafmangel nicht zu sehr auffällt. Es darf ja keiner Verdacht schöpfen. Also nehme ich an einem Abend den Nachtheiler und am nächsten nicht. Jede zweite Nacht helfe ich Toko, und wir haben ein paar Minuten Zeit für uns.

Wir phantasieren gemeinsam, wie die Zukunft aussehen könnte. Und doch haben wir keine Ahnung, was uns jenseits von Cleanland wirklich erwartet. Wir wissen nur, dass wir zusammen sein wollen und es dann endlich auch können!

»Wie geht es Samira?«, fragt Toko jede Nacht.

Ich kann nur sagen, was mir ihre Eltern erzählen, und das beschränkt sich darauf, was ihnen von der Motivation Academy mitgeteilt wird: Samira isst und trinkt, und sie hält sich an die Gesetze. Das behaupten die zumindest. Aber ich weiß nicht, wie es wirklich in ihr aussieht, wie sie sich fühlt. Wie lange sie es dort noch aushält.

Wir haben alle Besuchsverbot. Das hat mir mein Controller mitgeteilt. Schuld sei Samiras *Fehlverhalten* mir gegenüber.

»Und was macht ihr kleiner Bruder?«, fragt Toko.

Ich kann nicht viel berichten. Einmal am Tag kontaktiere ich ihn. Er erklärt mir, wie er seine Schwester befreien will. Es sind Geschichten wie aus einem Superhelden-Comic. Die pure Verzweiflung steckt in seinen Plänen, und das ist jedem klar – außer ihm.

Der echte Oscar kann seiner Schwester nicht helfen, also erfindet er den Super-Oscar, und der kann in seiner Phantasie jeden besiegen. Er baut sich Waffen, bricht aus dem Raum der Einsicht aus und holt Samira aus der Motivation Academy. Selbst wenn er keine Ahnung hat, wo die überhaupt ist.

In der Nacht vor der letzten Prüfung nehme ich keinen Heiler und warte auf Toko, obwohl heute eigentlich eine Pillennacht wäre und ich schlafen müsste.

Ich helfe Toko, obwohl er das nicht will. »Du wirst morgen einschlafen bei der Prüfung!«

»Ich will gar nicht hingehen!«

Alles ist gereinigt, wir sitzen auf dem Boden, lehnen uns an mein Bett und halten unsere Hände, wie wir es seit Wochen machen.

»Wieso keine Prüfung?«, fragt Toko.

»Es fühlt sich falsch an. Als würde ich Samira betrügen.«

»Ich sehe das anders«, sagt Toko. Seine letzten Prüfungen finden am Nachmittag statt.

»Und wie siehst du es?«

»Du betrügst sie nicht. Du machst die Prüfungen auch für sie.«

Ich verstehe, wie er das meint. Ich darf jetzt nicht auffallen, denn Oscar ist unter Beobachtung, Samira noch viel mehr. Und ich muss zumindest so tun, als wäre alles in Ordnung, obwohl in mir drinnen nur Chaos ist.

Also sitze ich sieben Stunden später an meinem Platz in der kühlen Halle und versuche, mich auf die Aufgaben zu konzentrieren. Sie leuchten auf dem Tisch auf, und ich wische mich von Frage zu Frage. Manchmal schaue ich nach links und sehe den leeren Tisch, Samiras Tisch. Es ist die erste Prüfung, die ich in dieser Schulbasis ohne sie als Nachbarin schreibe.

Als es vorbei ist, spüre ich keine Erleichterung. Ich will nur raus aus dem Gebäude. Zu Hause ziehe ich meinen Sport-Protector an. Wenn ich schon zu wenig schlafe, muss ich zumindest genug Bewegung haben.

Ich jogge bis zum großen Park und will dort eine Strecke buchen, aber für den ganzen Tag ist alles schon reserviert, obwohl ich kaum Menschen sehe.

Ich laufe zu einem anderen Park, der im benachbarten Viertel ist. Zeit habe ich genug. Meine offizielle Kontaktperson ist eingesperrt, und meinen inoffiziellen Freund kann ich nur heimlich nachts sehen.

Auch der Park ist ausgebucht! Egal, selbst wenn ich den ganzen Nachmittag nach einer freien Laufstrecke suche, irgendwann finde ich eine.

Beim nächsten Park habe ich Glück. Er ist neben einer Baustelle, auf der ein neues Hochhaus entsteht. Wegen des Lärms ist dieser Park unbeliebt. Am Tor stehen zwei Polizisten und winken mich durch. Viel zu tun gibt es für sie hier nicht.

Ich folge dem Bauzaun und checke die Körperdaten. Mein Fitness-Index ist gesunken. In den letzten Wochen habe ich fast alle Angebote auf meinem Controller abgelehnt: Vitamindrinks von Gesund-und-Fertig©, Probestunden von Home-Yoga, Home-Kickboxen oder Home-Basketball.

Ich habe schon mal einen Basketballkurs mit Samira besucht, und das Netz hängt noch an der Decke über der Fensterbank. Die Sensoren sind auch da, genau wie in ihrem Zimmer.

In ihrer Zelle in der Motivation Academy hat sie nichts außer den Möbeln, die am Boden festgeschraubt sind.

Am Ende des Bauzauns führt der Weg in einen kleinen Wald. Vor mir sehe ich eine Joggerin, und mein Controller zeigt mir den Abstand. Ich darf nicht schneller werden, sonst komme ich der anderen Sportlerin zu nahe.

Ob Samira Sport machen kann? Ein paar Übungen sind in ihrer Zelle vielleicht möglich. Liegestütze, Situps, solche Sachen. Nur die Kondition lässt sich schwer trainieren, sie kann ja nicht immer im Kreis rennen, und solche Geräte wie bei Oma im Raum der Einsicht habe ich bei Samira nicht gesehen. Vielleicht darf sie raus zwischendurch?

Mein Controller zeigt zwei Jogger hinter mir an. Die kommen mir ziemlich schnell viel zu nah. Was soll das? Ich drehe mich um und sehe zwei Frauen, ich renne weiter und prüfe den Abstand. Doch mein Controller zeigt nichts mehr an. Keine Abstände und keine Körperdaten. Ich existiere für den Controller gerade gar nicht – ich bin wie tot für das Gerät.

Holt die Polizei mich jetzt ab? Sollte ich deswegen in diesen Park, den keiner mag? Damit es nicht so viele Zeugen gibt? Aber wieso kommen sie nicht einfach zu uns in die Wohnung?

Ich drehe mich noch einmal zu den Frauen um. Sie sind beide vielleicht zehn Jahre älter als ich, sie tragen keinen blauen Protector. Aber das hat nichts zu sagen.

Die Polizisten, die mich für den Besuch bei Samira abgeholt haben, waren auch in Zivil.

Ich renne schneller. Die Joggerin vor mir ist verschwunden. Gehört sie zu denen? Wartet sie hinter einem Baum auf mich?

»Schilo!«, ruft eine der Frauen hinter mir.

Ich lege einen Spurt hin, ein paar hundert Meter weiter endet der Wald, vielleicht schaffe ich es über die Wiese, raus aus dem Park.

Da ruft die Frau mir noch etwas zu, das ich erst beim zweiten Mal verstehe: »Toko!«

# 32

Ich bleibe stehen und muss mich erst mal auf den Knien abstützen. Die zwei Joggerinnen kommen bei mir an. Ich atme schwer, der Protector klebt an meiner Haut, das Visier ist beschlagen. Wir drei stehen viel zu dicht beieinander. Wenn uns so jemand sieht, ist es ein klarer Verstoß gegen die GaR.

Ich habe damit eigentlich kein Problem – also nicht mehr. Aber ich darf mir jetzt keinen Verstoß leisten. Ich mache einen Schritt zurück und schaue auf meinen Controller. Er hat keine Verwarnung geschickt, denn er funktioniert immer noch nicht.

Eine der Frauen verschwindet im Wald. Die andere holt tief Luft, sie muss sich auch erst erholen. »Toko hat uns von dir erzählt. Ich bin Elli.«

Während sie ihren Namen nennt, macht sie etwas, was bisher kein Mensch bei mir gemacht hat. Ich kenne es nur aus alten Serien und aus den Berichten über die Sicklands: Elli reicht mir ihre Hand.

Ich sehe die GaR kritischer als vor ein paar Monaten, sicher, das stimmt. Aber eine fremde Hand drücken? Womöglich hängen dann Erreger an meinem Protector.

Elli streckt mir ihre Hand bestimmt fünf Sekunden lang entgegen. Sie zieht sie nicht weg, und es scheint, als wäre das ein Test. Wenn ich meinen Plan wirklich durchziehen will, dann erwarten mich ganz andere Dinge als das.

Ich nehme ihre Hand, sie drückt leicht zu, ich spüre die Wärme. Sie bewegt die Hand ein wenig nach oben und unten, ein leichtes Schütteln. Es fühlt sich so an, als wären wir miteinander verbunden, als wären unsere Hände ein Verbindungskabel, das zwischen unseren Körpern verläuft.

Sie lässt meine Hand wieder los. »Komm mit!«

Ich schaue auf meinen Controller – nichts! Elli folgt meinem Blick. »Keine Sorge, du joggst da vorne weiter. Auf deiner gebuchten Strecke natürlich.«

Ich verstehe kein Wort. Die Sache mit dem Störer von Toko habe ich kapiert, er hat das Senden und Empfangen von Daten unterbrochen. Das ist mir inzwischen klar. Und im Polizeibus haben sie meinen Controller deaktiviert, das ist technisch irgendwie möglich. Aber wie soll ich dort vorne weiterjoggen, wenn ich in Wahrheit neben Elli stehe?

»Ich bin doch hier bei dir.«

»Hast du die Joggerin vor dir gesehen?«

»Ja.«

»Sie gehört zu uns. Sie hat für die restlichen achtunddreißig Minuten deine Identität.«

»Sie hat meine Identität? Sie joggt für mich?«

»So ist es. Ihr Controller simuliert deinen. Du bist sicher, keine Angst.«

*Du bist sicher.*

Seit der Geburt trage ich den Controller, und jeder

sagt mir: Er macht dein Leben sicher. Elli behauptet nun das Gegenteil: Ich soll mich sicher fühlen, weil er nicht funktioniert.

Die andere Frau ruft uns zwischen zwei Bäumen zu: »Wo bleibt ihr denn?«

Bis hierher habe ich nicht viel riskiert. Ich muss nicht mitmachen. Ich könnte weiterjoggen, nach Hause laufen. Ich würde die Ergebnisse meiner Prüfung abwarten. Die neue Staffel *Cleanland Guards* ist bald abrufbar. Oma wartet auf ein Gespräch mit mir, und nachts kommt Toko.

Das klingt irgendwie verlockend. Aber dann müsste ich so tun, als wäre die letzten Wochen nichts geschehen. Das kann ich nicht. Und mit Toko will ich endlich richtig zusammen sein!

Ich folge Elli zu den Bäumen. Wir gehen an kopfhohen Büschen vorbei, sie beeilt sich, und ich muss aufpassen, nicht über die dicken Wurzeln zu stolpern. Vor nicht allzu langer Zeit hatte ich Angst vor einem kleinen Riss im Protector. Hier im Gestrüpp muss ich aufpassen, dass der Schutzanzug nicht total zerreißt.

Der Boden ist nicht mehr von Moos bedeckt, überall liegen Kieselsteine. Vor uns hängen Seile von einer Konstruktion aus Holzbalken. Erst als ich die kaputten Sitzschalen im Gebüsch sehe, erkenne ich einen Spielplatz. Es ist ein Ort, wie es ihn vor der *Großen Pandemie* überall gab.

Ich kenne das vom Homelearning, da waren diese Orte ein großes Thema. Auf engstem Raum haben die

Kinder hier gespielt. Mobile Desinfizierungsboxen gab es nicht, und wer auf die Toilette wollte, musste hinter einem Baum verschwinden. Die Kleinen und ihre Eltern konnten sich danach nicht einmal die Hände waschen.

Elli setzt sich auf einen Balken, die andere Frau entdecke ich immer noch zwischen Bäumen fern von uns. Sie schaut in Richtung Laufstrecke, nicht zum Spielplatz. Sie passt auf, dass wir unentdeckt bleiben, vermute ich.

Elli zieht ihr Visier vom Kopf, packt aus einer Umhängetasche eine Flasche und reicht sie mir. Ich bin durstig, aber ohne Trinkhalm muss ich mein Gesundvisier wie sie abziehen.

»Jetzt mach«, sagt Elli.

Ich drehe mich von Elli weg und trinke. Dann ziehe ich mein Visier wieder an.

»Wir wollen dir helfen«, sagt Elli.

Sie nimmt die Flasche und setzt sie an ihre Lippen. Ich starre sie an und schüttele den Kopf, ohne es zu wollen, es passiert einfach. Ich habe doch eben daraus getrunken!

Elli setzt sie wieder ab. »Was ist? Hast du eine ansteckende Krankheit oder so?«

»Nein, aber …«

Elli trinkt weiter und steckt die Flasche wieder in die Tasche. Und ich kapiere erst jetzt, wieso das alles für sie so normal ist: Hände schütteln, auf den Controller verzichten, auf dem dreckigen Holzbalken sitzen, aus derselben Flasche trinken … Elli ist eine Sickländerin!

Sie ritzt etwas mit einem kleinen Ast in den Holzbalken. »Wir helfen dir, und du hilfst uns.«

»Du weißt also, was ich vorhabe?«

»Toko hat alles erzählt.«

»Und wieso willst du helfen?«, frage ich.

»Du bist für uns interessant.«

Erst jetzt fällt mir auf, dass sie immer von *uns* spricht. *Wir helfen dir, du hilfst uns. Du bist für uns interessant.*

»Wer ist *uns*?«

»Eine Gruppe, die sich für Cleanlands schmutzige Geheimnisse interessiert.«

Ich denke an die Motivation Academy, über die alles in den Controllern gelöscht wird, von denen keiner etwas weiß, wenn er nicht selbst einmal dort war. Ich denke an Oscar im Raum der Einsicht. Gibt es noch mehr, wovon niemand etwas wissen darf?

»Was für Geheimnisse?«

»Du kennst in der Motivation Academy nur Samira.«

»Ja, und?«

»Wir haben die Daten von allen in jeder Academy.«

»Gibt es mehrere davon?«

Elli nickt.

»Und in jeder leiden Hunderte Kritiker der GaR wie Gefangene.«

»Aber wieso kann ausgerechnet ich euch helfen?«

»Du bist die Tochter einer Mitarbeiterin vom Ministerium.«

»Sie arbeitet da nur am Schreibtisch und …«

»Schon klar«, unterbricht mich Elli. »Hör zu. Wenn

Leute wie du gegen die Gesetze der GaR verstoßen, sogar etwas riskieren, um anderen zu helfen, bringt das manche zum Nachdenken.«

»Egal, was ihr aufdeckt – das wird sowieso alles gelöscht. Da kann man denken, was man will!«

Elli ritzt weiter mit dem kleinen Ast in den Holzbalken. »Das sehen wir anders.«

# 33

»Schilos Laufzeit ist bald um!«, ruft uns die Frau zu, die zwischen den Bäumen Wache hält.

»Sollen wir dir jetzt helfen, oder nicht?«, fragt Elli.

Immerhin ist Elli ehrlich. Sie hat mir erklärt, wieso sie das macht. Elli gehört zu einer Gruppe, deren Mitglieder die GaR abschaffen wollen. Sie fordern, dass man sich nur beim Ausbruch von tödlichen Krankheiten schützt – so wie in den Sicklands.

Cleanland sei einfach zu krass in allem. In Ellis Worten: »Ihr könnt euch doch nicht das ganze Leben voreinander verstecken!«

Ich verstehe inzwischen sehr gut, was sie meint.

»Wie ist jetzt der Plan?«, frage ich.

Elli rückt näher, und inzwischen kann ich die kleinen braunen Punkte in ihren grünen Augen sehen. Sie schaut auf ihren Controller und dann auf meinen, beide Geräte sind tot. Wir senden nichts, und wir empfangen nichts, keiner ortet uns, keiner hört uns, keiner sieht uns.

Und endlich erzählt Elli, wie alles ablaufen soll.

Ich hatte gehofft, Toko findet jemanden, der für uns Samira befreit. Der uns bei allem hilft und die Sache in die Hand nimmt. Ellis Plan sieht hingegen komplett anders aus: Ich bin die, die Samira rausholt. Ich allein!

»Alles verstanden so weit?«, fragt Elli.

Ich nicke, es ist nicht kompliziert, aber gefährlich. »Und wann?«

Sie wirft den kleinen Ast auf die Seite und zeigt auf den Holzbalken. Sie hat dort ein Datum und eine Uhrzeit eingeritzt. Ich lese es und kann es nicht glauben.

Zu Hause stelle ich mich unter die Dusche und wähle den Antisept-Modus. Wieso mache ich das noch? Weil es die Gesetze so wollen, oder weil ich daran glaube? Ich kann das nicht voneinander trennen. Ich bin mit den GaR aufgewachsen. Ich brauche Abstand, um mich sicher zu fühlen. Berührungen finde ich gefährlich. All das bekomme ich nicht so einfach aus meinem Kopf.

Und vielleicht ist das alles richtig so. In Cleanland lebe ich sicher und gesund. Was mich draußen wirklich erwartet, weiß ich nicht. Und wenn ich es weiß, ist es zu spät für eine Rückkehr. Es kann also gut sein, dass ich gerade den größten Fehler meines Lebens mache. Aber immerhin mache ich ihn nicht allein.

Spät am Abend setze ich mich zu meiner Oma an die Hygienescheibe. Ich muss mit ihr reden, nur heute ist dafür noch Zeit.

Oma ist hellwach. »Wieso schaust du so traurig?«

Ich stehe auf und hole Opas Buch aus meinem Zimmer. Ich habe es längst zu Ende gelesen, es gab kein Happy End. Der Junge hat allein in der Wildnis nicht überlebt, da hat ihm auch der uralte Bus nicht geholfen, in dem er schlafen konnte.

Ich gehe ins Bad und hole einen Lippenstift von meiner Mutter aus dem Spiegelschrank. Ich selbst trage keinen. Mit Lippenstift und dem Roman setze ich mich vor die Hygienescheibe.

Meine Oma nickt, holt ein Buch vom Nachttisch und kommt mit ihrem Lippenstift wieder. Wir tauschen Botschaften aus und stellen uns Fragen. Jeder erfährt, was er wissen muss. Es sind Worte, keine ganzen Sätze, denn meine Mutter kann jeden Augenblick hier sein.

Als die Schleuse zischt, schreibe ich meine letzten Worte und halte die Buchseite vor die Scheibe: *Vermisse dich schon jetzt.*

Meine Oma wischt sich Tränen aus dem Gesicht und geht ins Badezimmer. Ich klappe den Roman zu, und meine Mutter steht im Türrahmen.

»Was macht ihr beide denn so spät?«

Ich überlege, was ich ihr sagen könnte. Mir fällt keine Lüge ein.

Oma tritt ans Fenster, in der Hand hält sie ein Taschentuch. Sie zeigt auf die zwei zugeklappten Bücher auf dem Tisch, eines liegt auf ihrer und eines auf meiner Seite. »Wir haben uns vorgelesen.«

»Vorgelesen? Und deswegen weinst du?«

»Traurige Geschichten waren das«, sagt Oma.

Meine Mutter wundert sich nicht wirklich. Vermutlich ist sie einfach zu müde. Sie schiebt ihr spätes

Abendessen in die Mikrowelle und betrachtet Opas Buch. Bevor sie es womöglich anschauen will und es aufklappt, stehe ich auf und nehme es mit. »Ist wirklich spät. Gute Nacht.«

Die Tür meines Zimmers ist fast zu, da ruft meine Mutter hinter mir her. »Warte mal!«

# 34

Meine Mutter geht direkt zu meinem Nachttisch, das Buch in meiner Hand ist ihr egal. Sie weiß offenbar, wo meine Nachtheiler liegen, und greift nach der Packung. Sie drückt die Pille für heute auf ein Taschentuch und streckt es mir entgegen.

»Ich nehm die gleich«, sage ich.

»Nein. Nicht gleich, sondern jetzt.«

»Ich will noch nicht schlafen.«

»Weißt du, wie spät es ist?«

»Ich bin kein Kind mehr.«

»Wieso verhältst du dich dann wie eines?«

»Gehst du bitte aus meinem Zimmer?«

Meine Mutter kommt zu mir und hält mir ihren Controller vors Gesicht. »Wie erklärst du dir das?«

Ich schaue mir die Zahlen an, es sind meine Prüfungsergebnisse von heute. Ich weiß, wie schlecht ich war. Aber ich bin nicht durchgefallen, und das ist ein Wunder, denn ich musste bei jeder Aufgabe an Samira denken.

»Na und!«, sage ich. »Das ist *meine* Prüfung und *mein* Leben.«

»Dein Leben, natürlich. Willst du später als Cleanerin arbeiten?«

Ich denke an Toko und muss mich zusammenreißen.

Meine Mutter kennt bestimmt keinen Cleaner persönlich. Toko hat bessere Noten als ich. Er macht seinen Abschluss so spät, weil er selbst Geld verdienen muss. Er wäre gern zu hundert Prozent nur Schüler, aber das kann er sich nicht leisten.

»Willst du Cleanerin werden?«, fragt meine Mutter noch einmal. »Dann mach so weiter.«

Ich schweige und warte, bis sie aufhört zu nerven, bis sie mich endlich in Ruhe lässt. Sie verlässt das Zimmer aber nicht, sondern geht ans Fenster. Dort spricht sie viel leiser, fast so, als würde sie mit sich selbst reden. »Deine Lehrerin hat sich bei mir gemeldet. Sie macht sich Sorgen.«

»Wegen der Noten?«

»Wegen deiner Gesundheit.«

Meine Mutter wischt über ihren Controller und sendet mir etwas zu. Es ist eine Analyse meiner Körperdaten, meine Werte der letzten Monate im Vergleich zum Vorjahr. Verdächtig ist vor allem der Schlafzyklus.

Ich kenne meine Werte und bin nicht überrascht.

Meine Mutter folgt mit ihren Augen den Fahrzeugen unten an der Kreuzung. »Ich weiß, was los ist.«

Sie weiß was? Ist das heimliche Treffen heute im Park aufgeflogen? Oder hat sie von meinem Besuch in der alten Schule erfahren? Hat der Störer vielleicht gar nicht richtig funktioniert? Hat er noch genug Daten gesendet, um uns zu beobachten und zu verfolgen?

Ich wage es nicht, sie anzusehen. Wenn ich gleich lügen muss, ist es einfacher, wenn ich ihr dabei nicht ins

Gesicht blicke. Seit meiner Kindheit erkennt sie, wenn ich nicht die Wahrheit sage. Vermutlich bin ich einfach eine schlechte Lügnerin.

»Und was ist los?«, frage ich.

Meine Mutter tippt auf ihren Controller. »Du bist jede zweite Nacht zur gleichen Zeit wach.«

»Und?«

»Es ist die Zeit, in der Toko da ist.«

»Wer?«, frage ich und schaue aus Versehen zu ihr.

Ich bin überrascht. Sie ist nicht wütend, sie sieht einfach nur erschöpft aus. »Du musst das beenden.«

»Das entscheide ich.«

Sie lächelt kurz, viel zu kurz. Es ist, als wäre es ihr aus Versehen herausgerutscht. So, als hätte sie mich kurz verstanden. So, als wäre sie für einen Moment auf meiner Seite. Doch selbst wenn es wirklich so war, ändert das leider nichts. Denn dieser Augenblick ist schon wieder vorüber.

Sie steht auf und schaut so streng wie immer. Der Nachtheiler liegt zwischen uns auf dem Tisch. Sie zeigt auf die Pille. »Du schläfst sonst nicht gut, und du wirst krank.«

Ich schaue wieder aus dem Fenster. Ich will ihr nicht ins Gesicht sehen, aber sie spiegelt sich im Glas. »Und wenn ich sie nicht nehme, steckt ihr mich dann in so ein Loch wie Samira?«

»Die Motivation Academy ist kein Loch.«

»Mum! Du kennst sie nicht. Es war furchtbar. Du musst deinen Schreibtisch mal verlassen!«

Meine Mutter verschränkt die Arme und spricht viel zu laut. »Furchtbar ist es, Menschen krank zu machen, das Leben von anderen zu zerstören, keinen Abstand einzuhalten.«

Ich drehe mich zu ihr und rede so laut wie sie, auch wenn mir das schwerfällt und sich meine Stimme dabei überschlägt. »Ich will keinen krank machen!«

Meine Mutter zeigt nochmals auf die Pille. »Dann bleib gesund!«

»Lass mich in Ruhe!«

Meine Mutter stampft auf den Boden und schreit. »Nimm jetzt endlich den Nachtheiler!«

Ich zucke zusammen, mir ist mehr nach weinen als schreien. Aber ich kann die Tränen zurückhalten. »Ich hasse dich!«

Ich greife zur Pille und stecke sie in den Mund. Meine Mutter nickt. Sie dreht sich zur Tür und schüttelt den Kopf. »Was ist nur mit dir los?«

Die Tür hinter ihr schließt sich, und ich spucke den Nachtheiler auf den Boden. Ich zittere und antworte so ruhig wie möglich, schreien muss ich nicht mehr, sie ist weg: »Mit mir ist alles okay. Und mit dir?«

# 35

Die Drohnen sind längst fertig mit dem *Regen der Reinheit*©. Auch Toko und ich haben unsere Arbeit abgeschlossen. Die Wohnung ist desinfiziert, und wir haben unsere gemeinsamen Minuten. Ich lasse die Tür zum Flur auf, ich will es hören, falls meine Mutter das Schlafzimmer verlässt. Jeden Augenblick rechne ich mit ihr, denn sie kennt mich doch. Glaubt sie wirklich, ich habe die Pille runtergeschluckt?

»Sei nicht so nervös«, sagt Toko. »Deine Mutter muss nicht wach bleiben, um dich zu kontrollieren.«

»Muss sie nicht?«

Toko nickt zu meinem Controller, und er hat natürlich recht. Ich trage die perfekte Kontrolle am Handgelenk. Meine Mutter wird am Morgen sehen, dass ich wach gewesen bin. Sie wird wissen, dass ich die Pille wieder ausgespuckt habe. Aber das spielt dann keine Rolle mehr.

Ich versuche, mich zu entspannen, und lasse den Kopf kreisen. Toko und ich sitzen auf meinem Bett. Ich erzähle ihm von dem Treffen mit Elli im Park. Er hört zu und fragt nach, wenn er etwas nicht versteht.

Toko schüttelt den Kopf. »Wieso geht das alles so schnell?«

»Vielleicht, damit ich es mir nicht anders überlege.«

»Zu gefährlich für dich ist es auch. Findest du nicht?«

Ich kann selbst nicht glauben, was ich alles vor mir habe. Eigentlich wollte ich jemanden finden, der uns rausholt. Jetzt bin ich das selbst!

»Du riskierst auch was«, sage ich.

»Aber nicht so viel wie du!«

Ich will nicht darüber nachdenken. »Eigentlich muss Elli das meiste machen.«

»Schon, aber sie wird dabei keiner sehen.«

Toko hat natürlich recht. Sie sitzt an einer Tastatur vor ein paar Monitoren. Wenn etwas nicht klappt, schaltet sie den Computer aus. Aber wenn ich mehr auf mich nehme als sie und Toko zusammen, hat das einen guten Grund: Samira ist meine Freundin und nicht ihre.

»Vertraust du Elli?«, frage ich Toko.

Ich habe die ganze Zeit nach dem Joggen überlegt, ob das alles nicht eine Falle ist. Vielleicht ist es so: Toko ist an die falschen Leute geraten. Elli gehört zu einer Geheimabteilung des Ministeriums, die verdeckt arbeitet und Menschen in Cleanland aufspürt, die gegen Gesetze verstoßen. Klingt zu konstruiert? Meine Phantasie spielt verrückt, und ich weiß das.

»Ob ich Elli vertraue?«, fragt Toko. Er muss lange überlegen. »Ich kenne die Leute nicht gut genug. Haben wir eine Wahl?«

Ich schüttle den Kopf. »Nicht, wenn wir abhauen wollen.«

»Hast du Angst?«, fragt er.

»Und wie.«

Toko hält meine Hand fest. »Ich auch.«

Als Toko fort ist, lege ich mich hin. Schlafen will ich nicht mehr, aber ich muss mich ausruhen. Es fühlt sich alles nicht echt an. Ich kann nicht glauben, dass das meine letzten Stunden zu Hause sind.

Bevor meine Mutter zur Arbeit geht, stehe ich auf. In die Küche will ich nicht mehr, das würde mir zu sehr weh tun. Von Oma habe ich mich schon verabschiedet. Wir haben uns alles auf die Buchseiten geschrieben, was wir uns noch sagen wollten. Wenn meine Mutter einmal den Roman in meinem Schrank durchblättern wird, weiß sie mehr. Und das soll sie auch.

Doch alles erfährt sie erst, wenn sie auch das Buch liest, das bei Oma liegt. In den Raum der Einsicht kommt meine Mutter nicht so schnell. Und vielleicht sind diese Seiten dort dann längst von Oma beseitigt worden.

Es ist kaum hell draußen, als ich in der Schleuse unserer Wohnung stehe. Ich suche in der Reinigungsbox einen bestimmten Protector. Mum hat ihn vor kurzem erst von der Reparatur abgeholt. Für mich hat sie keine Zeit, für so etwas schon.

Ich kann nicht erklären, wieso ich mich für diesen entscheide, aber es fühlt sich richtig an. Ich weiß nicht mehr, wie der Cleaner hieß, der mir damals geholfen hat. Doch ich erinnere mich an den Song, den DJ Space-Jane spielte, als ich ausgerutscht bin und den Riss entdeckt habe. Und wie dieser Riss dazu geführt hat, dass ein halber Club in Quarantäne versetzt wurde.

Der Lift rauscht in die Tiefe zum Ausgang, ich verlasse das Hochhaus. An der Kreuzung schiebe ich den Störer unter meinen Controller. Daten sende ich keine mehr, und wenn ich wissen will, wie es mir geht, muss ich ab jetzt auf mich selbst hören.

Am Park neben der Baustelle steht eine mobile Desinfizierungsbox. *Defekt*, leuchtet in roter Schrift über dem Sensor an der Tür. Alles ist so, wie Elli es gesagt hat. Nun liegt es an mir, den nächsten Schritt zu tun.

Ich drehe mich um, so früh ist nichts los. Es ist niemand auf der Straße. Und wenn mich aus der Ferne jemand sieht, vielleicht aus einem Fenster, dann ist das nicht schlimm. Man sieht nur einen Menschen, der eine Desinfizierungsbox betritt. Nichts Besonderes also. Dass über dem Sensor *defekt* leuchtet, sieht man aus der Entfernung nicht.

Ich drücke gegen die Tür, nichts tut sich. Ich hole Schwung, und sie springt auf. Kaum bin ich drin, schiebe ich die Tür hinter mir zu und verriegele sie. Wenn alles klappt, wird die Box in einer Stunde abgeholt.

# 36

Als die Desinfizierungsbox sich bewegt, halte ich mich an zwei Griffen fest. Der Raum wackelt, und ich hoffe, die Verladung läuft ohne Probleme. Der Cleaner, der diese Container abholt, weiß nichts von mir. Er sammelt die defekten Boxen in der Stadt ein und fährt sie zum großen Werkhof von Antisept.

Es ruckelt, und ich vermute, die Box mit mir ist auf dem Laster verstaut. Die Wände sind zu dick, und ich kann nicht hören, was draußen geschieht. Doch der Boden vibriert, und ich merke, wenn der Laster beschleunigt oder bremst.

Elli hat mir erklärt, dass die Fahrt etwa zwei Stunden dauert. Die genaue Zeit hängt von der Anzahl der Container ab, die der Fahrer einsammeln muss. Die Dinger halten normalerweise Monate ohne Fehlermeldung durch. Nur bei diesem hier war sich Elli sicher, dass die Sensoren einen Defekt melden würden. Die Box hat sie schließlich eigenhändig für mich gehackt. Bis man im Werkhof merkt, dass in echt nichts kaputt ist, bin ich längst weg. So weit der Plan.

Ich weiß nicht, wie viele Stunden vergehen. Sicher sind es mehr als zwei oder drei. Was ist, wenn der Cleaner mich an einen anderen Ort bringt? Ohne Störer wüsste ich mehr. Ich könnte auf meinem Controller sehen, wie spät es ist. Ich wüsste, wo in der Stadt wir uns gerade befinden.

Als die Box von außen geöffnet wird, sitze ich auf dem Boden und stütze meinen Kopf auf den angewinkelten Beinen ab. Ein Cleaner kommt rein, und ich schrecke hoch. Ist es der, von dem Elli erzählt hat?

Er ist nicht verwundert, mich hier zu sehen. Und das ist ein gutes Zeichen, er hat mit mir gerechnet.

»Wohin soll ich gehen und …«

Bevor ich weiterflüstern kann, hält der Cleaner den Zeigefinger vor sein Gesundvisier. Ich verstehe und schweige. Er winkt mich zu sich, und ich folge ihm aus der Box.

Draußen stehen Dutzende dieser mobilen Desinfizierungsräume dicht nebeneinander. Der Cleaner geht voraus, und ich sehe, dass ich richtig bin: Hinter einem hohen Zaun mit Stacheldraht steht ein mehrstöckiges Betongebäude.

Ich habe die Motivation Academy bei meinem Besuch nicht von außen gesehen. Im Fenster lief ja dieser Werbefilm, und der Polizeibus ist direkt in eine Tiefgarage gefahren. Hinterher waren die Scheiben auch komplett schwarz. Doch Elli hat mir den Betonklotz genau so beschrieben: fensterlos, grau und riesig.

Ich warte die nächsten Stunden in einer Halle voller Desinfikatoren. Ohne Controller vergeht die Zeit leider überhaupt nicht. Der Cleaner klopft zwischendurch und bringt mir eine Trinkflasche, später etwas Obst. Ich habe mir nur das eingepackt, was in meinem Zimmer herumlag, ein paar Nussriegel und eine viel zu kleine Flasche Saft.

Als die Tür sich Stunden später erneut öffnet, steht eine Cleanerin vor mir. Sie hat ein Stück Metall in der Hand, eine riesige Zange oder so was, die grün blinkt. Die Tür zischt hinter ihr zu. Ich springe auf und will schreien, da entdecke ich das Logo an ihrem Arm: Sie ist eine Premium-Cleanerin und hat Zutritt zu Bereichen, die andere Cleaner nicht betreten dürfen.

»Dein Controller«, sagt die Premium-Cleanerin.

»Was ist mit dem?«

»Streck mal den Arm aus.«

Endlich kapiere ich, was sie mit der Zange vorhat. Ich schließe die Augen und spüre das kalte Metall an meiner Hand, mehr nicht. Als ich die Augen öffne, liegt der Controller auf dem Boden, der Störer haftet noch immer an ihm.

Ich betrachte meinen Protector am Handgelenk. Der Controller ist weg, es sieht aus, als würde ein Stück von meinem Körper fehlen, auch wenn es nur ein Gerät war. Aber es gehörte so selbstverständlich zu mir wie ein Organ.

Die Premium-Cleanerin hebt den Controller auf und winkt mich hinter sich her. Wir erreichen einen Raum voller Rohre. Es ist heiß hier. Die Frau bleibt vor einem Kessel oder so was stehen und öffnet einen Schacht. Feuer lodert heraus, und es wird noch wärmer. Sie zieht Tokos Störer von meinem Controller und wirft mein Gerät in die Flammen.

»Für deine Freundin«, sagt sie und drückt mir den Störer in die Hand.

Ich würde sie gern fragen, warum sie mir hilft, warum sie zu Ellis Gruppe gehört, aber dafür ist keine Zeit. Wir erreichen einen schmalen Korridor. Einmal scheint sie etwas zu hören und bleibt stehen. Ich spüre mein Herz bis zum Hals klopfen, aber da ist offenbar nichts. Sie geht weiter.

Der Korridor endet an einer massiven Tür mit Sichtfenster. Sie hält ihren Controller vor einen Sensor, und die Tür geht auf. Vor uns hängen zwei Desinfikatoren an der Wand, die Anzeigen blinken rot. Endlich verstehe ich, was das soll: Über diesen Weg hier unten werden Geräte und Ersatzteile ausgetauscht. Dieser Gang verbindet die Antisept-Werkstatt mit der Motivation Academy.

Die Premium-Cleanerin zeigt mir ihren Controller. Es ist kurz vor einundzwanzig Uhr. Bisher läuft alles nach Ellis Plan. Allerdings kommt der gefährliche Teil erst noch.

# 37

Elli hat mich nicht in jedes Detail eingeweiht. Sie konnte ja nicht sicher sein, dass ich es schaffe. Und je weniger ich weiß, desto weniger Leute bringe ich in Gefahr. Aber wie oder mit wem komme ich jetzt weiter?

Ich schaue die Premium-Cleanerin an, sie zeigt nur geradeaus. Ich renne los und erreiche eine Treppe, die weit nach oben führt. Am Ende der Stufen bleibe ich vor einer Stahltür stehen. Sie sieht aus wie der Eingang zu einem Banktresor, oder zumindest sehen diese Dinger in alten Serien so aus. Und für mich trifft das mit dem Tresor zu, denn dahinter ist das Wertvollste, was ich außer Toko habe.

Es muss die richtige Tür sein. Wenn Elli das System gehackt hat, wird sie gleich aufgehen. Nur darauf kommt es an. Ist es schon einundzwanzig Uhr? Ich habe jedes Zeitgefühl verloren.

Ich atme und warte.

Nichts passiert.

Ich höre etwas knistern, kommt es von unten?

Nachsehen will ich nicht, sondern drücke mich an die Wand.

Da ist ein Schatten am Ende der Treppe, oder bilde ich mir das ein? Die Wache vielleicht? Oder ist mir die Premium-Cleanerin gefolgt, die nachsehen will, ob ich den Weg gefunden habe? Wenn das noch länger dauert, werde ich verrückt.

Endlich zischt die massive Tür auf, und ich gelange in einen Warteraum. Es ist der, in dem ich stundenlang gesessen habe, bevor ich zu Samira durfte.

Als ich in dem breiten Gang mit den Zellen ankomme, bleibe ich stehen. Ich kann nicht mehr rennen, weil ich viel zu abgelenkt bin: Die Scheiben sind jetzt nicht getönt, sie sind glasklar. Und direkt hinter der ersten Scheibe auf der linken Seite steht ein alter Mann.

Er hat gerötete Augen und sieht aus, als hätte er jemanden erwartet, nur nicht mich. An seiner Wand läuft eine der nächtlichen Talkshows, aber die interessiert ihn überhaupt nicht mehr. Ich bin die fremde Besucherin, und er schaut mich neugierig an. Auf wen wartet er wirklich?

Wie damals bei Samira leuchtet bei ihm an der Glaswand eine Anzeige. Ich lese seine Körperdaten, seinen Namen, seine Adresse, das Bewegungsprofil und den Grund der Maßnahme.

In der Zelle gegenüber leuchtet nur ein schwaches Licht. Im Bett liegt jemand, ein Infusionsständer steht daneben. Der Raum sieht mehr aus wie ein Krankenzimmer. Was sind das für breite Bänder am Bett? Ist die Person festgebunden?

Zwei Zellen weiter ist eine Frau im Alter meiner Mutter, die ruhelos auf und ab geht. Als sie mich sieht, schreit sie etwas. Sie boxt gegen die Scheibe, und ihre Hand blutet.

Endlich renne ich, ohne nach links und rechts zu schauen, und halte erst bei Samiras Zelle an. Dort ist es stockdunkel, nicht einmal die Kamera in der Ecke der Decke blinkt. Die Tür steht schon offen, ich muss mich beeilen.

»Ich kann das System nicht ewig ausschalten«, hat Elli mir eingeschärft. »Irgendwann bemerken die mich und werfen mich raus. Dann kann ich nichts mehr für dich tun.«

Wo ist Samira? Der Raum ist so dunkel, dass ich kaum etwas erkennen kann. Im Bett liegt sie nicht. Ich knie mich hin, sehe sie eingerollt in ihrer Decke unter dem Gestell. Wie vor Wochen, als ich sie besuchen durfte. Ich ziehe sie mit der Decke unter dem Bett hervor.

Ich versuche, sie wach zu rütteln, sie regt sich nicht, atmet nur schwer. Aber ich kann sie doch nicht tragen!

»Samira!«, flüstere ich. »Samira!«

Sie öffnet ein Auge und lächelt, dann schläft sie weiter. Ich rüttele sie etwas heftiger. Auf dem Tisch steht ein Becher mit Tee. Er ist längst abgekühlt, und ich schütte ihn über ihr Gesicht. Endlich wacht sie auf.

»Schilo?«

»Wir hauen ab«, sage ich und ziehe sie hoch. Sie legt ihren Arm um meine Schulter und reißt mir dabei mein Visier vom Kopf. Sie kämpft gegen die Wirkung des Nachtheilers an, das sehe ich.

»Ich hol dich raus.«

Sie antwortet leise und müde, doch ich verstehe, was sie sagt: »Auf gar keinen Fall!«

Ich will sie aus dem Raum schleppen, als mir einfällt, dass ich den Störer unter ihren Controller schieben muss. Das hätte ich fast vergessen, dabei ist es extrem wichtig. Denn selbst wenn sie mit ihrem Controller schon lange keinen mehr kontaktieren kann, sendet er sicher noch Daten.

Samira merkt davon nichts, ihre Augen sind mehr zu als auf. Erst als wir den Flur erreichen, wird sie wacher, läuft von selbst ein paar Meter. Und mit jedem Schritt werden wir schneller.

Ich schaue nicht mehr in die anderen Zellen hinein, denn ich kann nur Samira mitnehmen. Elli hat einen Raum gehackt, also kann ich nur eine Person befreien. Kraft für mehr Menschen hätte ich sowieso nicht.

Wir erreichen das Ende des Gangs. Beim alten Mann kann ich nicht anders und schaue zu ihm. Er tut mir so leid. Er steht noch immer an der Scheibe. Wie lange schon? Wartet er die ganze Nacht auf Besuch?

Wir haben es fast geschafft und erreichen die Tür zum Wartebereich. Ich will sie mit dem Fuß aufstoßen, doch sie geht von allein auf. Fassungslos bleibe ich stehen.

Die Person, die keinen Meter vor uns auftaucht, erschrickt so wie ich. Ihr fällt eine Akte aus den Händen, und das Papier verteilt sich auf dem Boden.

»Mum?«

»Was soll …?«, meine Mutter bringt den Satz nicht zu Ende. Sie starrt mich und Samira an, schaut zu meinem Handgelenk, an dem kein Controller mehr ist.

Dann blickt sie in mein Gesicht, das kein Gesundvisier mehr schützt.

Sie wischt über ihren Controller. »Wache!«

Ich muss an Elli denken und daran, was sie behauptet hat: *So spät arbeitet keiner mehr dort.*

Elli wusste nicht, wie spät meine Mutter nach Hause kommt. Hätte ich geahnt, dass sie hier arbeitet, hätte ich es Elli gesagt. Aber woher sollte ich das wissen?

Jetzt ist sowieso alles aus. Ich merke, wie kaputt ich bin. Samira fühlt sich schwerer an als zuvor. Am liebsten würde ich mich auf den Boden fallen lassen und auf die Wache warten.

»Was ist da los?«, dringt eine Stimme aus dem Controller meiner Mutter.

Sie spricht langsam und schaut mich dabei an. »Nichts. Nur wieder eine technische Störung.«

»Gut, wir schicken mal einen Techniker.«

Sie holt Luft, ihr Gesicht zittert.

»Lauf!«, flüstert sie.

Und weil ich es nicht begreifen kann, sagt sie es noch einmal, nun etwas lauter: »Lauf!«

# 38

Vom Warteraum der Motivation Academy führe ich Samira die Treppe runter in den Keller. Die Tresortür zischt hinter uns zu, und am Ende der Treppe wartet die Premium-Cleanerin. Wortlos übernimmt sie Samira, zieht sie sich über die Schulter und rennt los. Ich komme kaum hinterher.

Als wir den Parkplatz erreichen, leuchten schon die Scheinwerfer eines Lasters. Kaum sitzen wir in einem der leeren Antisept-Tanks auf der Ladefläche, rollt das riesige Fahrzeug los.

Samira schläft sofort wieder ein, ihr Kopf liegt auf meiner Schulter. Ich bin auch müde. Vorsichtig lege ich Samira hin und strecke mich neben ihr aus.

Als ich irgendwann aufwache, steht die Luke offen. Draußen ist es hell. »Samira!«

Sie kommt langsam zu sich und schaut sich um. »Wo sind wir?«

»In einem Antisept-Tank.« Mehr weiß ich selbst nicht.

»Was?« Sie zieht sich an mir hoch und klettert zur Luke. Ich folge ihr, und wir helfen uns gegenseitig vom Anhänger. Der Laster steht auf einem leeren Parkplatz an einem Waldrand.

»Wo sind wir?«, fragt Samira noch einmal. Sie klingt benommen und ist mit dem Kopf noch längst nicht hier angekommen.

Ich ziehe die Schultern hoch. Jemand soll hier auf uns warten, aber ich sehe niemanden. Wir bleiben vor den dichten Bäumen stehen. In den Wald kann man keine zehn Meter weit sehen, er ist komplett zugewuchert.

Als der Laster losfährt, schauen wir ihm nach. Wir konnten uns nicht einmal beim Fahrer bedanken.

»Da seid ihr ja endlich«, sagt jemand, und wir erschrecken beide.

Eine alte Frau tritt hinter einem dicken Stamm hervor, neben ihr steht ein riesiger Hund, der mit dem Schwanz wedelt. Die Frau trägt keinen Protector, sondern eine dunkle Hose und einen schwarzen Mantel. An ihrem Handgelenk sehe ich keinen Controller.

Die alte Frau führt uns durch den Wald. Erst scheint die Sonne orange durch die Blätter, dann wird es richtig hell. Die Waldluft tut mir gut, doch Samira schweigt vor sich hin. Ich hoffe, die Pillen haben keinen dauerhaften Schaden verursacht.

Wir müssen immer wieder eine Pause machen. Samira hat tatsächlich in der Zelle trainiert, aber ihre Ausdauer reicht nicht für so große Wanderungen.

Als die Sonne über uns steht, sehen wir einen alten Wohnwagen. Keine Ahnung, wie der hierhergekommen ist, ich sehe keine Straße und keinen Waldweg.

Der Wohnwagen erinnert mich an das Buch von Opa. Dort war es ein uralter Bus, doch er stand genauso verlassen im Nirgendwo. Und was hat der Buchjunge gemacht? Er hat sich im Bus einquartiert, also war es ja so etwas wie ein Wohnwagen für ihn. Ich schiebe den Gedanken beiseite, denn die Geschichte ging ja nicht gerade gut aus.

Die alte Frau zeigt tiefer in den Wald. »Da vorne ist die Grenze.«

Ich erkenne durch die Blätter das Flusswasser, die Strömung ist ziemlich stark. Äste und Bäume versperren die Sicht auf das andere Ufer.

Als wir vor dem Wohnwagen stehen, sagt die alte Frau: »Bis es heute Nacht weitergeht, ruht ihr euch hier aus.«

Der Wagen ist klein und einfach eingerichtet, es gibt keine Kochstelle, keine Möbel, nichts. Auf zwei groben Holzbänken liegen Felle. Samira nimmt sich eins und legt sich auf den Boden. Sie schläft sofort ein. Hoffentlich ist sie bald wieder die Alte.

»Tee?«, fragt die Frau und wartet keine Antwort ab. Zehn Minuten später kommt sie mit einer Kanne und Tassen zurück. Samira will ich noch ein wenig schlafen lassen. Ich schenke mir ein, halte meine Tasse in den Händen und muss an Oma denken. Sie ist jetzt noch einsamer als zuvor. Aber sie weiß, was ich tue und wohin ich will.

Als ich einen Helikopter höre, schaue ich kurz zur alten Frau. Sie schüttelt den Kopf. »Die Drohnen sind schlimmer, man sieht sie nicht, und wenn man sie hört, surren sie schon über einem.«

»Leben Sie hier draußen?«

»Nein«, sagt sie und lächelt. »Hier draußen lebt keiner.«

Mehr verrät sie uns nicht. Der Helikopter ist längst fort, als sie mit einem dampfenden Topf zurückkommt. Samira bekomme ich immer noch nicht wach. Sie zuckt im Schlaf, und ich hoffe, sie träumt nichts Schlimmes. Plötzlich verzieht sie ihr Gesicht, es sieht aus, als würde sie weinen wollen.

Visiere tragen wir beide nicht mehr, und mein Protector ist längst nicht mehr sauber. Ich öffne den Verschluss und ziehe mir den Handschutz von den Fingern. Vorsichtig streichele ich Samira über den Kopf. Sie lächelt im Schlaf, und ich bin glücklich, auch wenn wir es noch nicht geschafft haben. Und dann schlafe ich neben ihr ein.

Die Tür springt auf, und wir schrecken beide hoch. Draußen ist es nicht mehr so hell. Der Hund kommt in den Wohnwagen und beschnuppert uns aufgeregt. Die alte Frau folgt ihm und winkt jemanden zu uns rein. Als Samira die kleine Gestalt sieht, schreit sie. Sie schreit vor Freude, und sie schreit nur einen Namen: »Oscar!«

Ihr Bruder fällt ihr in die Arme, und sie landen beide auf dem Fell. Er drückt sein Gesicht an ihren Körper und umklammert sie fest. Sie machen das nicht zum ersten Mal, das sehe ich gleich. Ich wäre viel ungeschickter bei dieser Nähe.

Vielleicht hat mich meine Mutter als Kind mal so

gedrückt, aber seit der *Großen Pandemie* nicht mehr. Sie hielt mich auf Abstand. Wieso eigentlich? Weil es in den GaR steht?

Ich streichle Oscar vorsichtig über den Rücken, und Samira wischt sich eine Träne von der Backe. Sie ist wieder halbwegs zu sich gekommen.

Oscar strahlt mich an. »Toko wartet draußen auf dich.«

Sofort springe ich auf und renne raus. Aber wieso kommt er nicht in den Wohnwagen? Er steht unter den großen Bäumen, und ich falle ihm in die Arme. Keiner bekommt ein Wort raus. Ich bin einfach nur unendlich erleichtert, und ich will ihn nicht loslassen. Nie mehr!

Toko trägt sein Gesundvisier, und das ist okay. Wir sind beide in Cleanland aufgewachsen, wir können nicht einfach umschalten. Das muss nicht sofort sein. Wir können uns für alles Zeit lassen. Wenn wir hier weg sind, lernen wir gemeinsam, wie das geht, wie man sich sicher fühlt, ohne Abstand. Ich hoffe zumindest, dass wir das können, auch wenn wir nicht in den Sicklands aufgewachsen sind. Und dass wir lernen, mit den Risiken dort umzugehen.

Toko löst sich aus der Umarmung und macht einen Schritt zurück, ich greife nach seinen Händen. »Alles klar?«

Toko antwortet nicht. Wir sind beide keine Optimisten und rechnen eher mit dem Schlimmsten. Es hat erst dann alles geklappt, wenn wir auf der anderen Seite sind. Vermutlich ist er deswegen so zurückhaltend.

Wir hören Oscar lachen, und der Hund bellt im Wohnwagen. Oscar macht sicher wieder Blödsinn, doch ich werde später nach ihm schauen. Jetzt will ich endlich mit Toko reden. Zuerst muss ich ihm das sagen, was ich niemals gedacht hätte: »Meine Mutter arbeitet in der Motivation Academy.«

Toko blickt auf den Boden. »Ich weiß, das haben mir Freunde von Elli erzählt.«

»Wann?«

»Heute Morgen, als sie Oscar zu mir gebracht haben.«

Elli wusste das von meiner Mutter? Natürlich! Ich verstehe immer mehr, was sie an meiner Geschichte so interessant findet: Die Tochter bricht dort ein, wo die eigene Mutter arbeitet. Keiner weiß vom echten Leben des anderen. Wieso? Weil wir so viel Abstand halten! So oder so ähnlich wird Elli das ausschlachten.

»Da ist noch was«, sagt Toko.

Ich spüre einen schweren Klumpen im Magen. »Was denn?«

»Ich wollte nur Oscar bringen. Ich muss wieder gehen.«

»Was? Wohin?«

»Zurück.«

»Wohin willst du? Toko? Wir werden heute Nacht abgeholt. Schau, dort!« Ich zeige ins funkelnde Blau zwischen den Blättern. »Da vorne ist der Grenzfluss.«

»Es tut mir so leid, Schilo.« Toko fängt an zu weinen, vielleicht ist er einfach nur total durcheinander.

Ich umarme ihn wieder und spüre seinen Körper, er bebt richtig. Auch ich zittere. »Du musst nicht zurück. Du arbeitest nicht mehr als Cleaner. Wir gehen zusammen.«

Tokos Visier drückt gegen meinen Kopf. »Ich kann nicht.«

»Warum?«

»Es ist zu gefährlich für mich.«

»Was?«

Wir lösen beide die Umarmung, doch Toko hält meine Hände fest. »In meiner Familie gibt es einen Gendefekt.«

»Einen Gendefekt?«

»Ich bin viel anfälliger für Krankheiten als du.«

Ich will ihn fragen, warum er mir nie davon erzählt hat. Aber ich kann es nicht. Ich bekomme kein Wort heraus, ein Kloß im Hals drückt mir die Luft zu, ich schluchze nur. Toko kann noch sprechen, und er weiß sowieso, was ich fragen will.

»Ich wollte dir nichts sagen. Sonst hättest du dich bestimmt nie auf mich eingelassen.«

»Aber …«, fange ich an und komme nicht weiter. Toko will was loswerden. Er hat seine Gedanken die ganze Zeit für sich behalten. Jetzt muss alles raus, und ich verstehe ihn.

»Ich konnte dir das nicht sagen, ich konnte es einfach nicht. Du hättest mich nicht mehr sehen wollen.«

Ich bekomme zwar ein »doch« heraus, aber er hat recht. Ich hätte Angst gehabt, mich anzustecken, obwohl ein Gendefekt nicht ansteckend ist. Irgendwie seltsam das alles. Die Gesetze der absoluten Reinheit versprechen Sicherheit, doch eigentlich haben sie mir nur Angst gemacht.

Dabei ist Toko der, der am meisten Sorge haben muss. Aber nicht wegen mir und nicht jetzt. Ich war mein ganzes Leben nur in Cleanland, der Home-Controller hat mich unendlich oft gecheckt, ich bin gesund. So gesund wie jetzt werde ich womöglich nie wieder sein.

Ich streife Toko das Gesundvisier vom Kopf.

Und er hat nichts dagegen.

# DANACH

Ich schaue aus dem Zugfenster und denke wie so oft in den letzten Wochen an Toko.

Es gibt ein *Davor* und ein *Danach*, also eine Zeit in Cleanland und eine Zeit woanders. Beides lässt sich nicht miteinander verbinden. Und ich habe eine Entscheidung getroffen. Toko auch.

Für uns zusammen gibt es nur ein *Davor* und kein *Danach*.

Als der Zug endlich hält, bleibe ich vor der Tür stehen.

Die fremden Menschen rempeln mich an.

Sie drücken sich an mir vorbei.

Hosen, Röcke, Jacken und Shirts reiben aneinander.

Es riecht nach Schweiß.

Ein Kind schreit, ein Vater schreit zurück.

Vor mir steht ein Typ in schwarzer Lederjacke, seine Finger sind rot verschmiert. Etwas tropft auf den Boden, und er wischt mit den Schuhen darüber.

Würde mich jemand fragen: »Wie fühlt sich das alles an?«, wäre meine Antwort: »Keine Ahnung.«

Ich weiß es wirklich nicht. Vielleicht weil es einfach zu viel auf einmal ist.

Nie habe ich so oft über alles nachgedacht wie in den letzten Wochen.

Wie geht es Toko? Und meiner Mutter? Und uns? Und mir?

Oder, noch komplizierter: Was will ich vom Leben, und was bin ich bereit, dafür zu geben?

Früher hatte ich auf alles eine Antwort. Na ja, auf fast alles.

Wieder schiebt sich einer viel zu eng an mir vorbei, er nuschelt mir etwas ins Gesicht und drückt sich durch die metallische Tür.

Und dann ist klar, ich muss da jetzt mal raus, zu den ganzen Menschen und dem Typen mit den rot verschmierten Fingern.

Muss ich wirklich?

Selbst da bin ich mir nicht mehr sicher.

Nur eines weiß ich. Ich vermisse meinen Schutzanzug, den *Protector – für ein gesundes Miteinander©*.

»Jetzt komm«, sagt Samira.

Oscar steht schon draußen auf dem Bahnsteig. Er rennt zu einem verglasten Automaten mit bunten Packungen.

Schlimm war nicht das Schlauchboot, das uns über den Fluss gebracht hat. Auch nicht die Tage in verschiedenen Autos und Wohnungen. Wirklich schlimm war dieser Zug hierher, in diese riesige Stadt. Die Menschen drängten sich viel zu dicht aneinander. Keine Einzelkabinen, sondern sechs Leute in einem Abteil! Die Klimaanlage funktionierte nicht. Im Flur saßen manche auf Koffern, ein Vater spielte mit seinen Kindern auf dem schmutzigen Teppichboden. Die Toilette war kaputt, und wir konnten uns nicht einmal die Hände waschen.

Jetzt zieht Samira mich hinter sich her, und wir steigen aus. Wir laufen zum Ausgang des Bahnhofs, vorbei an dem Typen in der schwarzen Lederjacke. Er zerknüllt eine Papiertüte und wischt sich mit seinem Handrücken Ketchup vom Mund. Er hat kein Antisept für seine Finger, sondern geht einfach weiter.

Am Ausgang ist ein kleiner Laden mit Zeitungen. Und dort steht ein alter Mann und sucht mit den Augen die Halle ab. Ich erkenne ihn von den Reisefotos, die bei Oma im Raum der Einsicht so oft zu sehen waren. Auch wenn er da viel jünger war.

»Opa!«, rufe ich.

Und dann renne ich los.

# DANKSAGUNG

Cleanland hatte viele Helferinnen und Helfer. Danke an Aenne, Alexandra, Azadeh, Belinda, B. E. N. B., Doro, Julia, Marco, Matthias, Stefanie, Te Marto und Tomoko. Ganz besonders danke ich meiner Lektorin Katja Massury.

**Hast du Lust, mehr von dem Autor zu lesen?
Dann entdecke auf der nächsten Seite eine Leseprobe
aus seinem Roman:**

**Ein Sommer unter Reichsbürgern**

Sommerferien, und alle verreisen – nur Juri nicht. Kurzerhand beschließt er, aufs Dorf zu seinem Vater zu fahren, zu dem er bisher kaum Kontakt hatte. Der vertritt zwar einige sonderbare Verschwörungstheorien, aber er führt mit seinen Freunden auch ein faszinierendes Leben: Es wird gejagt, geangelt, und sie haben ein geheimes Projekt im Wald. Und dann ist da noch Jule, die Juri eines Abends am See kennenlernt …

Aber sind sein Vater und dessen Kameraden wirklich nur harmlose Spinner? Als Juri sich endlich diese Frage stellt, ist es schon fast zu spät.

# 4

Bäume fliegen am Fenster vorbei, komplett blauer Himmel, direkter Blick ins All. Die Klimaanlage ist kaputt, und es riecht nach Leberwurst. Hauptsache keine Störung im Betriebsablauf.

Nach zehn Tunneln höre ich auf zu zählen. Mum meinte, es seien genau sechzehn. Sie hätte sie damals mit mir zählen müssen. Ich wollte das unbedingt, und Fünfjährige können wohl ziemlich nerven. Sechzehn Tunnel. Das hat sie sich echt gemerkt.

Der Zug fährt nah an einem Steinhang vorbei. Ein Metallnetz sichert den Felsen. Mein Kopf lehnt am heißen Fenster, und ich übe schon mal.

*Hallo, Dad. Ich bin's.*

Nee, so nicht.

*Paketpost!*

Auch Quatsch, da reicht ein Blick durch den Spion, und ich bin enttarnt. Hat seine Haustür überhaupt einen Spion? Garantiert, sonst hätte er sie ja vor zehn Jahren aufgemacht. Wir haben damals im Haus nur etwas rumpeln gehört.

Vielleicht mache ich es so: *Hier ist Juri! Ich geh auch wieder. Wollte dich nur was fragen.*

Oder ich sag einfach gar nichts. Ich klingle. Er sieht mich und macht auf. Oder er lässt es eben bleiben. Vielleicht öffnet er aus purer Neugierde. Ist mein Vater neugierig? Damals war er es nicht.

Meine Fahrkarte will keiner sehen. Den Bahnmenschen ist es auch zu heiß im Abteil. Der Regionalexpress bremst.

Endstation.

Zehn Leute steigen aus, verschwinden in Autos, die auf sie warten. Ein schwarzer 3er BMW, ein silberner Škoda Octavia und ein Toyota irgendwas.

Aber was will ich mit einem Auto? Für mich stehen rund 400 PS bereit, den Fahrzeugtyp weiß ich nicht. Mit Bussen kenne ich mich nicht so gut aus.

Der Fahrer klemmt mit seinem Bauch vor dem Lenkrad fest. Er winkt mich durch, ohne von seinem Handy aufzuschauen. Im Bus sitzen außer mir vier Leute, alles Rentner, jeder mindestens zwei Reihen vom anderen entfernt. Als könnte keiner die Knoblauchpastillen der anderen aushalten.

Die Türen schließen sich, da rennt ein Mädchen auf den Bus zu. Sie ruft was, aber das hört keiner bei dem Motorenlärm. Ich springe auf und drücke den Türknopf, der Fahrer vorne brummt vor sich hin.

»Danke«, sagt sie schwer atmend. Sie lässt sich auf den Sitz neben mir plumpsen. »Der Nächste kommt erst in drei Stunden.«

Ihr schwarzer Zopf schaut aus einem uralten Jägermeister-Basecap heraus. Sie trägt zerrissene Jeans, ein schwarzes Shirt und Turnschuhe, auf denen nur *adid* steht. Das *as* fehlt offenbar schon eine Weile. Ist irgendwie nicht klar, ob bei ihr alles so gewollt oder einfach nur kaputt ist. Sie ist aber sicher nicht viel jünger als ich. Und ihre Sommersprossen sind der Hammer!

Sie klopft auf den Schlafsack, der auf meinem Rucksack festgebunden ist. »Lass mich raten: Ferien auf dem Land?«

Wir grinsen uns beide an. So wie sie es sagt, klingt es wie: *Willkommen im Club. Wir haben auch kein Geld für Sommerurlaub.*

»Ich besuche meinen Vater.«

»Und wer ist das?«

Ich sage den Namen, und sie steckt sich einen Stöpsel ins Ohr.

»Kennst du ihn?«, frage ich.

Ihr Kopf wippt im Takt mit Rammstein, was selbst die Rentner hören müssen. »Hier kennt jeder jeden.«

»Wohnst du in der Nähe von meinem Vater?«

»Ziemlich«, sagt sie.

»Dann haben wir die gleiche Haltestelle.«

»Mhm … mich holt ein Freund ab.«

*Ein Freund*, okay. Sie will sich den zweiten Stöpsel reinstecken und schaut noch mal kurz zu mir. »Wie lang bleibst du?«

»Entweder bis heute oder die ganzen Ferien. Entscheidet mein Vater.«

Sie nickt allwissend, und ich überlege, ob sie einfach nicht zugehört hat.

Der Bus schlängelt sich durch Dutzende Kurven den Berg hoch. Links grasende Kühe, rechts ein Abhang, der im dunklen Wald endet. Zwischen den Bäumen glitzert ein steiniger Bach.

Ich muss mich auf die Straße vor uns konzentrieren,

sonst wird mir schlecht. Fünf Motorradfahrer überholen uns, und dann sehe ich das Reh. Es streckt den Kopf zwischen den Bäumen durch. So nah an der Straße – es hat nicht einmal Angst vor dem Bus und dem Lärm.

»Schau mal!«

»Was denn?«, fragt das Mädchen neben mir und zieht sich einen Stöpsel aus dem Ohr.

»Da war ein Reh, also direkt neben der Straße!«

Sie steckt sich den Stöpsel wieder rein. »Du bist nicht so oft hier, oder?« War nicht wirklich eine Frage, sonst hätte sie ja mit dem Einstöpseln gewartet.

Am alten Rathaus hält unser Bus. Wir steigen beide aus. Ein Typ kommt auf uns zu, er ist mindestens fünf Jahre älter als ich. Er schaut mich an und runzelt die Stirn. Bevor er was fragen kann, umarmt sie ihn und bohrt ihre Zunge in seinen Mund.

*Ein Freund* … somit wäre das auch geklärt.

Ich stehe doof daneben, bis sie fertig sind.

Dann sage ich: »Juri.«

Er sagt nichts, hält mir die Hand zum Abklatschen hin und zieht eine Packung Zigaretten aus der Hose. Er klopft sie auf seine Faust, bis eine Kippe zur Hälfte rausschaut. »Willste?«

Ich schüttele den Kopf, das Mädchen nimmt sich die Zigarette.

Er zündet sie mit einem Sturmfeuerzeug an. »Hat der sich verfahren oder was?«

Das Mädchen inhaliert, wartet zwei Sekunden und antwortet beim Ausatmen: »Der besucht seinen Vater.«

Extrem nett, wie die über einen sprechen, vor allem wenn man direkt daneben steht.

Ihr Typ lässt die Schachtel wieder in der Hose verschwinden. »Wir sind jeden Abend am See. Kannst ja mal vorbeikommen.«

»Klar«, sag ich und denke: garantiert nicht. Das Gesabber von eben hat mir gereicht.

Er zwinkert mit einem Auge. »Wir sind immer so fünf, sechs Leute dort.«

Das klingt schon besser.

Wir laufen ein paar Meter nebeneinanderher. Alles ist menschenleer. Nicht mal Kinder, die draußen spielen oder so. Obwohl in jedem zweiten Garten ein Trampolin steht. Alles reglos. Als hätte der US-Präsident über Twitter den Atomkrieg verkündet.

Keine fahrenden Autos. Nichts. Wieso dieses Dorf einen Gehweg braucht, verstehe ich nicht. Hier geht doch gar keiner.

Bei der Amselgasse biege ich ab. »Bis dann!«

»Hoffe für dich, du kannst bleiben«, sagt das Busmädchen und wirft die Kippe auf den Boden.

Immerhin hat sie im Bus zugehört. Trotz Rammstein.

Aschenbecher (so nenne ich jetzt mal ihren Freund) sagt nichts dazu. Er hat sowieso andere Pläne. Er streichelt ihr durch die Haare. »Wollen wir beide 'ne Runde Auto fahren?«

Scheiß Angeber!

# 5

Das Grübeln in der Bahn hätte ich mir sparen können. Von wegen, wie komme ich bei meinem Vater rein. Seine Haustür steht offen. Das Tor vom Gartenzaun auch.

Etwas bewegt sich in meinem Bauch, und so richtig wohl fühle ich mich nicht. Ich denke an das Frühlingsfest und den Highflyer. Achtzig Meter hoch habe ich da oben mit Diesel-Nora geschwebt, wir waren festgeschnallt wie Kampfpiloten. Dann sind wir in die Tiefe gesaust.

Das Gefühl jetzt im Bauch ist so wie kurz davor, vor dem Fall. So ein Kribbeln, bei dem man nicht weiß, ob es schön ist oder nervt. Es gibt nur einen großen Unterschied zwischen Papas offener Tür und dem Frühlingsfest: Bei dem Highflyer hatte ich *keine* Wahl. Wir konnten ja nicht ewig da oben in der Luft bleiben. Andere hatten ebenfalls Tickets gekauft und warteten bereits unten, und irgendwann wollten die den Turm ja auch wieder abbauen und zum nächsten Fest schleppen. Also ist der Highflyer wieder runtergesaust.

Hier habe ich die Wahl. Ich könnte umdrehen. Ganz einfach. Allerdings wäre umdrehen jetzt auch irgendwie Quatsch. Und Busse fahren sicher auch nicht mehr.

Im schlimmsten Fall schickt mich Papa morgen nach Hause. Na und?

Ich bleibe vor der offenen Tür stehen. Drinnen an der Garderobe hängen Jacken, Mäntel und Kapuzenpullis.

Keine Kindersachen. Am Klingelschild steht auch nur sein Name.

Einfach so rein will ich trotzdem nicht. Ich klingle.

»Achim! Bin im Keller!«, ruft jemand, also Papa, wer sonst. »Bring die große Rohrzange mit.«

Egal, wer Achim ist, am Eingang liegt kein Werkzeug herum. Ich schaue zur Garage, die ist auch offen. Wenn irgendwo Zangen zu finden sind, dann wohl dort.

Kein Auto parkt da, aber Dunlop-Winterreifen hängen an der Wand. Von der Größe her fährt mein Vater einen SUV. Und Werkzeug ist überall. Schraubendreher, Inbusschlüssel, vom Vorschlaghammer bis zum Gummihammer, Sägen in allen Größen und und und und. Alles!

Ich könnte hier die ganzen Sommerferien vor mich hin basteln. Meine Werkstatt bei Mum hab ich zwischen zehn Waschmaschinen im Gemeinschaftskeller eingerichtet. Weil, im eigenen Zimmer darf ich nichts löten oder kleben. Da ist Mum streng. Von wegen giftige Dämpfe und so.

Was ich im Keller einatme, ist offenbar egal.

Bei mir unten stehen also eine Miniwerkbank und eine Werkzeugkiste für meine Modellautos: ein Carbon-Buggy (1,6-PS-Benziner) und zwei Elektro. Der kleine Benziner hat mich vierundzwanzig Samstage Anzeigenblätter austragen gekostet. Das war die Hölle, denn auf fast allen Briefkästen steht KEINE WERBUNG drauf. Und dann diese Rentnerschubkarre mit den Heftchen drin.

Als mit Diesel-Nora Schluss war (sie wollte »eine

Pause«, logisch), haben wir uns mal zufällig getroffen. Wir sind uns vor dem Istanbul-Kebab begegnet. Ich stand da mit dem Rentnerschubkarren voller Heftchen, sie stand da mit ihrem Neuen, dem Kickbox-Gitarristen vom Gymi. Und Diesel-Nora war das so peinlich, sie hat nicht mal Hallo gesagt. Ich aber auch nicht.

Die Rohrzangen in Papas Garage hängen zwischen Kombizangen und Spitzenzangen. Alles jeweils in drei Größen. Ich nehme mir die größte und gehe ins Haus. Neben der Garderobe führt die Treppe in den Keller.

Mein Vater pfeift da unten vor sich hin. Überall stehen große Kartons und blaue Tonnen. Er kniet unter drei Rohren, ich beuge mich zu ihm runter und reiche ihm die Zange.

Er nimmt sie mir aus der Hand. »Danke, Achim.«

»Bitteschön.«

Papa blickt mir ins Gesicht. Ruckartig will er sich aufrichten und schlägt sich den Kopf an den Rohren an. Er krabbelt unter dem Metall hervor und steht keine Armlänge entfernt vor mir. Er sieht aus wie auf den Fotos, nur etwas fleischiger im Gesicht und mit grauen statt braunen Haaren.

»Hallo, Papa.«

Er sagt erst mal nichts, sondern presst die Lippen zusammen und scannt mich von oben bis unten. Er betrachtet die Rohrzange in seiner Hand, als käme die nicht aus seiner Garage, sondern als wäre sie das Gastgeschenk von einem Marsianer. »Ist deine Mutter da?«

»Bin allein gekommen«, sage ich.

»Einfach so?«

»Sind Sommerferien.«

»Macht ihr Urlaub in der Nähe?«

»Nee.«

Er nickt, legt die Zange auf die Rohre. Wir schweigen uns eine halbe Minute an.

»Bist ein richtig großer Kerl geworden. Das letzte Mal warst du so ein Knirps.« Er zeigt bis zu seinem Gürtel.

»Da hast du die Tür nicht aufgemacht.« Das klingt vorwurfsvoll, aber es war ja auch echt mies von ihm.

Er nickt. »War eine schwierige Zeit für mich damals.«

Ich schaue auf den Boden. Ist irgendwie einfacher, so zu sprechen. »Ich hab dir ein paarmal gemailt danach.«

»Ich weiß.«

»Du hast nicht geantwortet.«

»Hab ich nicht?«

»Nee. War vielleicht immer noch eine schwierige Zeit für dich?«, frage ich.

»Mhm«, sagt Papa. »Ich hab es auch nicht so mit Kindern.«

»Auch nicht mit dem eigenen?«

»Darfst du nicht falsch verstehen.«

Ich schaue ihn wieder an. »Soll ich gehen?«

# Mehr von Martin Schäuble unter dem Pseudonym Robert M. Sonntag:

## Der Kampf um die letzten Bücher

Die Welt im Jahr 2035 ...
ist eine Welt ohne Papier. Dank des Konzern-Giganten Ultranetz und seiner Datenbrille sind alle Informationen für alle zugänglich – jederzeit und kostenlos. Wissen ist nicht länger das Privileg der Reichen! Deswegen steht Rob voll und ganz zu seiner Arbeit für den Konzern, der an der lückenlosen Digitalisierung arbeitet. Seine Aufgabe: Leser von gedruckten Werken aufspüren und ihre Bücher erst zu scannen, dann zu vernichten. Bis Rob eine geheimnisvolle Botschaft findet und zwei Menschen begegnet, die sein Leben für immer verändern könnten ... Und plötzlich ist Rob im Kampf um Wissen, Monopolisierung und Macht der Staatsfeind Nummer eins.

Robert M. Sonntag
**Die Scanner**
192 Seiten, broschiert

Weitere Informationen zum Kinder- und Jugendbuchprogramm der S. Fischer Verlage finden sich auf *www.fischerverlage.de*

AZ 596-81154/1